迪士尼
魔力之钥

叶永平 / 编著

上海社会科学院出版社
SHANGHAI ACADEMY OF SOCIAL SCIENCES PRESS

目 录

001　何谓迪士尼魔力之钥?
　　　——引言

001　"迪迷日":粉丝文化的新创举
012　另辟蹊径的33俱乐部
020　独树一帜的迪士尼大学
028　美食,风味各异的"迪士尼诱饵"
042　不断打造"另类迪士尼"
056　迪士尼非同寻常的生意经
064　科技,迪士尼的"永动机"
075　历久弥新的迪士尼动画
087　异想天开的"幻想工程师"
098　别具一格的"度假区休闲"
106　米奇贩卖何种独特的商业模式

112　层出不穷的迪士尼动画音乐经典
122　"电子快速通行证"出台的背后
126　迪士尼"人造山"的奥秘
133　迪士尼式管理之密码
147　迪士尼：创之明天

154　别样风采的"蒲公英"
　　　——后记

何谓迪士尼魔力之钥？

——引言

迪士尼缘何几十年来长盛不衰且发展壮大？不过，结论却是简单而深邃的，迪士尼的魔力之钥就是一个"创"字。

创——创新、创意、创造、创举等，当然，还有一个近些年非常流行的词：创客。"创客"中的"创"指创造，"客"指从事某种活动的人，创客本指勇于创新，努力将自己的创意变为现实的人。

近百年来，迪士尼从无到有，从小到大，从弱到强，其发展的轨迹足以证明，其无处不创、无日不创、无事不创。归根结底，迪士尼就是在创中起步，在创中发展。因为创，才有了迪士尼的一切，所以创就是迪士尼的灵魂和精髓，创就是迪士尼的密码！

迪士尼成功之道千条万条，关键一条——迪士尼之创。迪士尼，其实就是这样一个永无止境的"创客"，其永远在创新发展的路上。

早在70多年前《白雪公主和七个小矮人》首映式后，当时的《纽约时报》便介绍道:"一个像精灵一样想象力丰富的孩子,在他入睡前听了自己最喜爱的童话故事,当他入睡后,就会梦见童话变成现实。实际上,没有一个孩子能够如此幸运,可华特先生的幽默感使这样困难的事情变得简单,他把梦幻带到了我们眼前。"将梦想变成现实,这正是华特先生的理想。

  其实,这个梦想变成现实的过程,就是迪士尼之创新发展的过程。这就是迪士尼魔力之钥!

作者于戊戌年头伏天

"迪迷日"：粉丝文化的新创举

迪士尼，是个乐园，也是个梦境。它是个品牌，也是个偶像，更是一种文化，一种可以让人着迷的文化。

在娱乐业，明星可以成为众多粉丝的精神领袖，在迪士尼，拥有像米奇、米妮这样名闻天下的"大明星"，其影响力和号召力决不亚于娱乐业的其他明星。这就形成不同国籍、不同肤色、不同文化、不同语言的"迪士尼迷"。

在迪士尼的世界，有个独具一格的"迪迷日"，这是全球迪士尼粉丝的节日。其真名叫D23博览会，也称为迪士尼动漫展，两年一次，地点在美国加州迪士尼乐园旁的会展中心。迪士尼旗下的漫威、皮克斯、卢卡斯、动画部、主题乐园、相关影视作品和商品都会参展，官方会公布未来1～2年的影视制作计划，无疑是迪士尼粉丝的盛会。

迪士尼将"D23"视作迪士尼粉丝日，有着经营推广上的考量。当众多迪士尼粉丝汇聚在一起，既为迪迷创造了一个欢聚的机会，又可为迪士尼做一次大规模的宣传推介活动，两全其美,相得益彰。

D23,乃是华特迪士尼公司的官方迪士尼粉丝俱乐部。该组织成立于2009年,主要以其两年一次的D23博览会而闻名。据权威解释:D23中的"D"指的是迪士尼公司英文第一个字母,"23"指的是迪士尼公司成立的年份——1923年。会员福利包括迪士尼23号(季度出版)、年礼、活动、独家商品优惠、折扣和提前进入D23博览会会员大会。根据有关资料介绍,D23会员俱乐部面向所有用户免费开放注册。加入俱乐部后,会员可以第一时间获知官方的各项活动,花费79美元可升级为金卡会员,还可以享受到更多特有的权益,比如季度会员特刊和年终定制礼物等。

D23现象出现不足10年,为什么其如同狂风席卷大地一般,在全球"迪迷"中引发"惊涛骇浪",成为众多"迪迷"心中的"圣地"呢?这一现象,不外乎是一种粉丝文化,而迪士尼却运用自如地将其"推波助澜",以期借助粉丝文化将迪士尼文化发扬光大。

这恐怕正是迪士尼的一种新创举,使之赢得更多的"迪迷"。

什么是粉丝?世界上有这样一群平凡人,他们爱偶像胜过爱亲人、爱自己,他们为了心中喜爱的明星而疯狂,花费金钱、精力甚至搭上性命也在所不惜,这些人统称为粉丝。

粉丝又是什么?是一种立场,一种态度,一种对偶像的"一往情深"和不计成本地付出。当然,迪士尼作为一种"游乐明星",同样拥有众多的粉丝,也产生出了独特的"迪士尼粉丝文化"。当然,这与迪士尼在组织、引导和培育自己的粉丝及粉丝团体中的精心谋划和成功组织是分不开的。

第一次 D23 博览会是 2009 年 9 月 10～13 日,在美国加利福尼亚的阿纳海姆会议中心举行。它的特色是展示华特迪士尼幻想和未来的景点模型试验。

博览会上,映入眼帘的是《在充满传奇的公司中》的官方海报,这是出自一位来自美国北卡的艺术家之手。在海报的正中是经典的米奇形象,这也正是迪士尼的象征和始祖,而诠释米奇的是其他的人物形象、元素,它们代表过去、现在和将来,令人过目不忘。

开幕式那天上午 10:30,迪士尼公司首席执行官艾格先生到场作演讲。此外,在艾格的新闻发布会上,他向媒体展示,他自己也是一位迪士尼迷,当场,他展示的是他自己在 1994 年买的一块米奇古董手表。迪士尼的首席执行官以此形象同广大"迪迷"打成一片,为涌动的"迪迷"热潮推波助澜,使之更加"火上浇油",持续升温。同时,第一次"秀"就如此规格,为 D23 的发展奠定了基础。

2011 年 9 月,迪士尼第二届 D23 博览会在阿纳海姆会议中心举行。自 2009 年首届开幕,确定此后每两年一届,其规模随着皮克斯、漫威先后被米老鼠帝国"兼并"而不断扩大。2011年,迪士尼甚至舍弃了娱乐展会类最高规格的圣迭戈动漫展,将所有精华留给了自己的 D23 展会,并于首次公布了"复仇者联盟"的片花,在广大"迪迷"中引起轰动。

尽管入场券并不公开发售,需要通过官方粉丝俱乐部预约领取,仍有数万迪士尼粉丝拥向这座拥有全球第一座迪士尼乐园的加州小城。展览中的每个环节,从迪士尼最新电影片花的发布到知名电影制作人的出镜,往往都会引起"迪迷"们山呼海啸般的尖叫。

迪士尼作为创立近百年的全球最大的娱乐帝国,自2009年9月之后的两年间,迪士尼在拓展业务版图方面动作不断。2009年12月,迪士尼斥资42.4亿美元收购美国老牌动漫公司——漫威,从而拥有了蜘蛛人、钢铁侠、X战警等众多全球知名的漫画人物形象所有权。2011年4月,全球第六座迪士尼度假区——上海迪士尼乐园宣布正式动工。

在D23博览会的现场,一个头戴米老鼠头饰的"迪迷"正在家用3D电子游戏的展台前流连忘返,而不远处公主玩偶的柜台更是吸引了无数女"迪迷"。

迪士尼之所以致力打造一支足以满足所有年龄层需求的制作团队组合,并非仅仅着眼于到手的市场,而是希望自己的品牌形象能够持续不断地出现在消费者的各个年龄段,以此培养更多的"迪迷",并且随着一个家庭或者一个朋友圈的延续而传承。

对于迪士尼来说,电影及其承载的人物形象是与消费者的初次相会,同时也是迪士尼品牌能否植入消费习惯的关键一役。为了更加有效地实现这一战略,迪士尼在旗下众多人物形象中特别划出部分作为"系列人物",并在相关内容推广中加以资源倾斜。

在D23现场上,层出不穷的迪士尼电影人物是D23博览会的"吸金术",更是迪士尼不断创新的成果。

2013年8月9日,为期3天的第三届迪士尼D23博览会在阿纳海姆市会议中心开幕。第一天的重头戏无疑是作为迪士尼发家核心,也是迪士尼灵魂所在的动画项目。此外,安吉丽娜·朱莉等好莱坞明星也亮相现场。

当时迪士尼旗下的三大动画工作室——皮克斯、迪士尼动画和迪士尼TOON纷纷亮出自己在今后1~3年内的项目,长短片有12部之多,其中既有上一届展会首次宣布的"好恐龙"及"大脑内外"等第一次公开的片花,也有全新公布的动画部门下一部长片项目——以动物为主题的"动物文明"。

这一年,随着"星球大战"的东家卢卡斯影业已被迪士尼收购,D23的规模进一步扩大,曾经在圣迭戈动漫展上最受欢迎的星战系列形象也纷纷现身。

皮克斯、迪士尼动画、漫威、卢卡斯影业,随着这些极富价值的LOGO逐个出现在大银幕上,迪士尼首席执行官艾格毫不掩饰自己的激动之情:"连我都不得不说,这的确挺酷的。"

在开幕仪式上,艾格尤其强调了正在建设中的上海迪士尼乐园,对这个全球最新的迪士尼乐园充满期待,而在影视项目上,艾格豪情万丈地说道:接下来几年会有更多的惊喜。的确,当《复仇者联盟2》《加勒比海盗5》《星球大战7》《蚁人》等集中上映,作为"迪迷"绝对大呼过瘾!

迪士尼将"迪迷日"的 D23 博览会演变为自己的动漫展,更成为"迪迷"大饱眼福的节日。真可谓将一种粉丝文化融入迪士尼文化中,成为迪士尼新的"亮点"。

这一年,迪士尼首次将 D23 带到美国之外,"D23 Expo 日本"于 2013 年 10 月 12~14 日在东京迪士尼度假区举行。

2015 年第 4 届 D23 博览会于 8 月 14 日在阿纳海姆会议中心举行。因为,正在建设中的上海迪士尼乐园次年就将开园,由此成为全球迪士尼粉丝关注的焦点,本届博览会也透露出上海迪士尼乐园更多的设计细节及其背后的创新故事。

而今的 D23 博览会,有点像国际动漫节的迪士尼版本。在 D23 博览会里,粉丝们会发现迪士尼、皮克斯、漫威、卢卡斯影业的新片消息,还能接触到最新的互动游戏、迪士尼主题乐园最新发展情况、电视节目、限量收藏品等。总之,所有"迪迷"所喜欢的有关迪士尼娱乐王国的东西,都会在这里呈现。

当年的 D23 博览会,适逢迪士尼乐园开园 60 周年。由此,迪士尼会在洛杉矶迪士尼乐园内举行一系列庆祝活动。当夜幕降临,迪士尼庆典用一组华丽的巡游来点亮乐园。这场光影纷呈的巡游在美国小镇大街上描绘出一道五彩长河,众多迪士尼经典角色也相继登场,他们用 150 多万盏 LED 灯"点亮"迪士尼的夜晚。当然,这也为参会的"迪迷"营造更加欢乐的氛围。

此外,D23 博览会还发布皮克斯新作《恐龙当家》《海底总动员 2》等最新预告片。

对广大"迪迷"而言，博览会精彩纷呈，令人目不暇接，但即将开园的上海迪士尼乐园，乃是全球迪士尼粉丝最关心的话题。

在D23博览会上，迪士尼公司特意为上海迪士尼乐园营造了一片展区。展区入口被设计成一个中国式的城门，映入眼帘的大红灯笼，宛如徐徐飘来一股中国风。开幕式上，负责上海迪士尼乐园创意与设计工作的华特迪士尼幻想工程创意执行总裁在现场为粉丝和媒体详尽介绍了其设计亮点，引起众多"迪迷"的热捧。

在这位创意执行总裁看来，上海迪士尼乐园处处体现了创新精神。比如，"明日世界"是一个早在1955年的迪士尼乐园就曾推出的园区。60年后，上海迪士尼乐园依然延续了这个园区名称，但内容则发生了巨大变化。此"明日"而非今日之"明日"！上海迪士尼乐园经过了全新设计，更加注重科技与自然和谐相处的理念。为此，幻想工程师借鉴科幻电影《创·战纪》的剧情，开发设计了全球第一款"创极速光轮"过山车。这一景点被认为是迄今为止全球迪士尼乐园最惊险刺激的游乐项目。

诸如此类的突破性设计在上海迪士尼乐园里随处可见。一位追随迪士尼40年的资深粉丝在看完上海展区后说，自己去过全球所有的迪士尼乐园，但对上海迪士尼乐园仍抱有极大的兴趣，"明年我一定会去上海，这个乐园太与众不同了，值得期待"。

2017年迪士尼D23博览会于7月14日在毗邻迪士尼乐园的阿纳海姆市会议中心开幕。

这是迪士尼D23博览会第5次在美国举行。博览会为期3天，展示迪士尼最新电影资讯、玩具、周边产品以及最新游戏试玩等。

博览会上，动画制作领域的佼佼者皮克斯和迪士尼动画工作室莅临展会，介绍即将推出的动画电影。迪士尼乐园中备受游客欢迎的诸多原创动漫人物也来到现场，与"迪迷"同乐。这场博览会把"迪士尼最好的一切"统统呈现在"同一个屋顶之下"，真是一场迪士尼粉丝的顶级狂欢节。

在现场，"迪迷"们纷纷感受到，这里仿佛就是迪士尼动画片的再现。不久前，《赛车总动员3》勇夺北美票房排行榜冠军，片中可爱的汽车造型也现身展会，吸引不少"迪迷"驻足拍照。在这里，动画电影人物"走出了银幕"，迪士尼爱好者则"走进了童话"，彼此之间没有距离，只有欢笑和激动。

在当年的D23博览会上，被称为"迪士尼版名人堂"的迪士尼传奇奖，迎来自己的30岁生日。作为曾为迪士尼作出特殊贡献的人士，包括《星球大战》中莱娅公主的扮演者凯丽·费雪、漫威的灵魂人物斯坦·李，以及知名脱口秀主持人奥普拉·温弗莉等在内的多位明星，成为该年的大赢家。

作为迪士尼产业链中的核心成员，迪士尼动画工作室、皮克斯动画工作室、迪士尼影业、漫威影业以及卢卡斯影业在会上宣布接下来的一系列动画和真人影片计划。

除了动画和真人电影之外，备受喜爱的迪士尼主题乐园也是 D23 博览会的一大重头戏。在当天的媒体预览活动中，正在建设中的全新星球大战主题园区模型正式亮相。从现场来看，细节构造非常到位，效果惊艳。迪士尼方面表示，该园区将于 2019 年正式开幕，星战迷们早已摩拳擦掌急不可待。

这正是迪士尼在 D23 博览会上惯用的"招数"，让"迪迷"们先睹为快，既为"迪迷"灌输着迪士尼文化，又为自己未来的票房写下伏笔。

消费衍生品及游戏等互动娱乐产品历来是迪士尼令人沉醉的神奇魔法之一。在本次的 D23 博览会上，迪士尼消费品和互动媒体部门发布了包括《星球大战：前线 2》以及《王国之心 3》等在内的全新游戏产品。而迪士尼自家以及与授权方合作出品的各类消费产品，也足够吸引眼球。

在展会上，粉丝还观赏到由迪士尼档案馆带来的各类展览。其中海盗主题的"一个海盗的一生"展览将会对《小飞侠》中的胡克船长、《加勒比海盗》中的杰克船长等最令人难忘的迪士尼海盗形象进行独家展示。约翰尼·德普在《加勒比海盗》中所穿过的戏服、电影中黑珍珠号的模型等道具和布景，都将一一展现在粉丝的眼前。

这是 D23 博览会上的独家"节目"，难怪被无数"迪迷"所追捧。

从迪士尼D23博览会来看,"迪迷"现象的蓬勃兴起,迪士尼却善于引导,从善如流,为我所用,乃至形成一种迪士尼文化。这让人不得不佩服迪士尼的创新之举。

"迪迷"就是迪士尼的粉丝。粉丝作为一个个体,有着强烈的自我认同感和归属感。粉丝作为一个群体,其传播仪式的意义,就是通过借助各种符号表征方式,凝聚人心、加强集体内部团结,在建构粉丝文化中发掘更多健康积极的意义,从而获得外部世界更多接纳和认同。

目前,粉丝文化仍处于不断活跃发展的状态中,也不断会有新现象出现,并没有明确的定义。粉丝文化是依附于大众文化滋生的一种文化形式,由于个体或者群体存在着自己的崇拜对象甚至把其当作精神力量和信仰,他们为了自己喜爱的对象能付出无偿的劳动和时间,由此而产生一种综合性的文化传媒以及社会文化现象的总和。粉丝文化在传播过程中要得以生产、修正、转变和维系,成为一种分享意义的文化仪式。

其实,纵观粉丝现象何以在当下社会得到如此迅猛而强势的发展,是一个需要认真加以研究的文化课题。从粉丝方面来说,有寻求精神寄托、情感归属的原因,也有精神空虚、自我迷失的原因;从偶像方面来看,有吸引受众、扩大影响的原因,也有享受拥戴、培植势力的原因;从社会文化方面来看,有流行文化与娱乐文化大肆盛行的原因,也有商业文化、产业文化蓄势待发的原因;从传媒的角度来看,有取向转型、看重娱乐的原因，也有追逐八卦、推波助澜的原因。由此也可以说，粉丝从现象到文化，这是一种客观存在，但却反映了一种文化需求。迪士尼的做法，值得我们反思和借鉴。

另辟蹊径的 33 俱乐部

迪士尼非常重视用户体验，以至于专门发明了一个词汇叫"宾客学"，其将游客称之为宾客，把用户需求当作一门学问来研究。无论什么行业，只有真的洞察用户的需求，才能提供高水平的服务。因此，建立优质服务指南的第一步，就是要彻底地研究用户的需求和行为。"宾客学"让你知道你的顾客是谁，还有他们期望什么。优质服务是指通过注重产品和服务提供过程中的每一个细节，使得体验超出宾客的预期。

迪士尼在服务宾客（游客）的策略上，采取既积极面向大众，又迎合少数奢华层次的宾客，这样，使之保持了消费群体的多样性。

几十年来，迪士尼之所以成为全球娱乐王国，靠的是世界上最大的消费群体的力捧，以排名第一的客流量独占鳌头，其一年的宾客接待数是个天文数字。像日本东京迪士尼和美国奥兰多迪士尼、洛杉矶迪士尼都早已超过年 1 000 万人次。这么庞大的消费群体，确保了迪士尼的收入。但是，迪士尼在满足大众消费群体的同时，别出心裁地照顾到非常小的奢华高档消费人士，满足其特殊的需求。比如，迪士尼乐园许多游乐项目成为乐园里终年排长队的项目。怎么办？那些奢华高档消费人士为游乐无法想象花两三个小时去排队，由此，迪士尼专门制定了会员制俱乐部的细则和规定，并限定了名额，平衡好大众消费群体与特殊消费群体的关系。这正是迪士尼在经营思路上的拓展和宾客服务上的创新。这样，既满足了部分宾客的特殊需求，又增加了乐园的高层次消费群体，也增加了收入，同时，有益于对企业品牌的创新及拓展。如此一举多得，何乐不为？！

何谓会员制俱乐部？其实这是为经济背景相似的事业成功人士提供的一种社交、休闲、娱乐、聚会的高级场所。会员兴趣相投，乐于享受高品位的生活，借此扩大社交圈，俱乐部采用封闭式，只对会员开放，为他们提供功能完备的设施和妥善周到的服务。

迪士尼33俱乐部也具有相同的功能，且还有独特的乐园背景，可以为会员提供在乐园里的特殊服务。

第一家迪士尼33俱乐部于1967年开张，直到21世纪初，其会员人数只有500人左右，会费2.5万美元，每年还需交纳1.2万美元年费，当然其他消费像单独开派对、吃饭等需要另行付费。会员有私人停车位。

这家33俱乐部，被称为神秘未知的世界十大禁地之一。位于迪士尼新奥尔良广场的轴心处。这所私人俱乐部门楣上有块刻着"33"醒目而华丽的地址铭牌。

该俱乐部一直笼罩着浓厚的神秘气息，其会员人数极少且名单从不为外人所知。

迪士尼创始人华特在1964~1965年纽约世博会上接触到了通用电器、百事可乐等大公司的高管，发现展会中有专为这些高端人士准备的VIP室，一开始华特只是想效仿世博会在洛杉矶迪士尼乐园里的一家餐厅（现在的广场酒店）内建立一个私人空间，以便于招待公司赞助商和潜在客户。

1967年，华特觉得他需要一个私人地方用来招待赞助商和一些客人，于是就把迪士尼独有的一个33俱乐部当作招待点。华特逝世后，迪士尼公司决定将33俱乐部只对部分特殊会员开放，直到2007年6月，申请会员的名单已经排在了14年之后。在2011年时，33俱乐部还是一席难求。如果你想加入，那么排队估计得排到2025年之后了。

为什么取名为33？官方解释为第一家33俱乐部位于新奥尔良广场皇家大街33号，还有一个说法是，33俱乐部是为了当时的33家迪士尼赞助商而精心打造的。

物以稀为贵，从俱乐部诞生之初就意味着它为少数人服务，势必会有许多特权存在。比如，虽然迪士尼是有酒水供应许可证的。按照迪士尼的规定，只有在大众观光时段结束后，乐园才会给私人聚会提供酒水。然而，在迪士尼33俱乐部，这里是唯一可以常年提供酒水的。还有，每一名33俱乐部会员本人及3名亲友可获得迪士尼乐园和华特迪士尼世界的"高级通行证"，这个通行证允许全年免费进入园区、免费代客泊车以及其他的折扣权益。实际上，光33俱乐部内部举办的会餐和独家活动就已经足够有吸引力了，因为参会人群身份都太显贵，而且也远远超过了华特的预想。各界名流、众多好莱坞影视明星也频频光顾，使之声名远扬。

而今全世界迪士尼乐园中只有3个33俱乐部，分别位于美国加州、日本东京、中国上海的迪士尼乐园内。每一个33俱乐部的设计都不同，而关于内部陈设的介绍少之又少，从33俱乐部的官网找到的蛛丝马迹中可见一斑，体现出这个俱乐部最大的特点：私密性极强，从仅有的图片中看到除了奢华还是奢华。此外，没有任何关于硬件设施、服务介绍，只有一个会员"入口"，其余全部是关于法律声明、隐私协议等一长串的条款介绍。真是犹抱琵琶半遮面，让人捉摸不透，更叫人平添几分窥视欲。

尽管如此，还是有不少关于第一家33俱乐部的细节被流传了出来。在迪士尼众多的华丽建筑中，俱乐部入口都很不起眼，平平淡淡，甚至要格外仔细才能发现门柱上写的"33"地址铭牌，访客需要按门廊上的对讲机按钮，通报姓名，会员则需要在会徽处"打卡"进入。二楼有两个区域，分别是餐厅和休闲中心，内部还收藏着众多华特和妻子莉莉从巴黎购置的艺术品、装饰品，还有众多迪士尼经典电影元素，比如《最幸运的百万富翁》中的橡木电话亭、《欢乐满人间》中的桌子等。

显然，迪士尼已经不打算给已有的3家俱乐部增加更多的会员了，所以2012年时，迪士尼说要做一个5年的俱乐部扩建项目，为了纪念33俱乐部成立45周年而增加会员名额，地点分别选在了奥兰多华特迪士尼世界的魔法王国、EPCOT、迪士尼好莱坞影城、迪士尼动物王国。

据悉，迪士尼面对800名正在排队的候补人员提供了100个新会员名额。最后吸纳多少会员仍是未知数，毕竟33俱乐部一向以私密性著称。

2016年6月，上海迪士尼乐园开幕。此前，迪士尼早已筹划了33俱乐部的蓝图。

上海迪士尼33俱乐部位于上海迪士尼度假区。正如其他迪士尼乐园的33号俱乐部，上海迪士尼33号俱乐部入口处同样也带着"33"这个标志性数字。

这里的会员同样享受着一系列的特色待遇。比如，宾客的停车不必停在很远的停车场，可以停泊在迪士尼小镇的VIP停车场，就在迪士尼小镇一角，可就近通往迪士尼乐园的边门。

据有关人士介绍，33俱乐部对来客还有一定的着装要求。

进入33俱乐部，仿佛就是一个奢华之地。环境优雅，装饰考究，摆设别具一格，处处透出艺术之氤氲。上海迪士尼33俱乐部的设计灵感，主要来自20世纪40年代的经典迪士尼动画电影《幻想曲》，比如吊灯设计参考了《幻想曲》中糖梅仙子之舞。园景房，这是一间圆形的大房间，餐桌也以圆形为主，房间中部的花卉摆设相当突出。再往房间侧边走，你会发现一些更隐私的就餐空间。帘子背后，是私密浪漫的餐桌，墙上布置了风格迥异的画作。这里的菜品，究竟是什么味道呢？除了餐前小食外，前菜：帝王鱼生鱼片配西柚冰霜、青苹果芥末和莳萝油，汤：洋姜汤配生梨、虎虾和榛果油，主食：低温慢煮鳕鱼配茄子泥、酱汁香菇、日式鱼汤、黑芝麻和土豆脆片或澳洲谷饲牛排配辣椒酱汁、苹果色拉和防风根泥，甜品：青苹果冻糕配味增、焦糖冰激凌、苹果脆和榛子饼干。

和迪士尼乐园其他地方一样，33俱乐部里也有纪念品店，有幸进去的人可买到各种带有"33"logo的各种产品。

如果要去迪士尼乐园游玩，可以领取专门的门票和33快速通行证。这种快速通行证是没有指定具体入场时间的。宾客可以享受特别通道，从一处门口上方写着"33"的地方进入乐园。那里有一道门，门是内部锁着的，外面拉不开，只有里面的工作人员可以打开，进去以后，一个小小的迎宾台，工作人员微笑地等待宾客并问好。宾客在这里存了包，并可拿到33快速通行证。随之，去乐园尽情游玩，免去排长队之苦。

据了解，上海迪士尼33俱乐部会员的权益，除了可以在33俱乐部里休闲，会员本人和最多3名亲友还可以获得迪士尼乐园的"高级通行证"。凭该通行证，会员和好友可享受全年免费进入园区、免费代客泊车和其他一些折扣权益，更重要的当然是可以参加俱乐部里的活动。

至于上海迪士尼33俱乐部的入会费用是多少，有关各方都是噤若寒蝉。但是，前些年，轰动沪上的一桩"合同官司"揭其冰山一角。据报道，2016年6月，迪士尼乐园刚刚开园，上海某投资咨询有限公司就与上海国际主题乐园有限公司签订合同，开通了10张33俱乐部会员卡，支付的会员费加年费金额高达317.9万余元。尽管花费不菲，但对原告这样的高端客户来说，33俱乐部会员资格确实有着十足的吸引力。拥有一张会员卡，意味着不仅可以享有迪士尼度假区内餐厅、客房、导览等专线预订服务，还能免费停车、获取快速通行证、参加会员特别活动、在专属餐厅用餐、参观酒店特设贵宾廊……

可见，上海迪士尼33俱乐部同其他迪士尼的33俱乐部本是一脉相承的，属于高档私密性的俱乐部会所。

迪士尼在进入中国市场的同时，也带来了其独特的经营理念和宾客服务学。当然，能否克服其"水土不服"呢？想必一定会给中国市场带来不小的冲击力，关于这一点见仁见智。想必市场会作出公正的裁判！

当然，我们在接受迪士尼的同时，值得借鉴迪士尼在服务上的宾客学。

华特先生曾经这样告诫迪士尼公司：你不是为自己建造这一切。你得知道人们要什么，你是为他们建造的。

宾客学，听起来很神秘，其实，就是迪士尼术语，是迪士尼对市场以及消费群体专门的研究，以期通过这些研究来了解宾客是谁，并理解他们对公司产品的期待。如此对宾客重视的故事，足以说明其对公司能否成功至关重要。

正如迪士尼乐园和度假区前主席汤世德先生总结的那样："为我们的宾客创造可能的最好体验，使他们能与他们的家人、朋友、喜爱的人以及同事分享,这是我们工作的本质,也决定了我们是谁。"

另辟蹊径,为各种消费群体着想,这正是迪士尼宾客学带给我们的思考……

独树一帜的迪士尼大学

迪士尼也有自己的大学？这不是天方夜谭，这正是迪士尼的与众不同之处！

在培养世界一流员工方面，没有几家公司能与迪士尼匹敌。这么多年来，迪士尼是如何在培养员工的高水平服务和管理能力方面取得如此巨大成功的呢？

其秘密就在于——迪士尼大学，这座全世界知名企业争相研究的企业大学有着不同寻常的传奇。

迪士尼是通过怎样的制度体系和运营管理体系来教育不同层次、不同背景、不同文化的数万名员工，一起实现华特"创造全世界最快乐的地方"的理念的呢？

当年，华特是这样要求下属的：你得把一群性格、背景各异，没有任何从业经验的加利福尼亚人整合成"迪士尼梦"的缔造者。

听到这句话，迪士尼大学的荣誉教授和创始人范恩·弗朗斯接受了这个任务：帮助华特创造"地球上最快乐的地方"。

通过帮助华特创造"这个地球上最快乐的地方",范恩和他的团队在1955年开始了一场商业革命,这场革命最终演变成了迪士尼大学——一个永久地改变美国员工培训和发展行业的机构。一路走来,范恩和他的团队与培训学员们一起学习并分享了什么是创造力、应变力、变革、领导力和持续发展的能力。从迪士尼乐园开幕前的几个月到之后的几十年,范恩和他的团队经历了令人陶醉的成功,也遭遇过令人痛苦的惨败。这些经历都成为迪士尼高层主管和范恩最宝贵的财富。作为迪士尼体系里最敏锐的观察者,范恩很快激励迪士尼大学的建设团队和公司主管将这些事件转变为难得的学习课程——将成功最大化,将失败最小化。这就是迪士尼培训的核心所在。

1955年,就在迪士尼乐园开幕之前,范恩和他当时唯一的一名手下——刚从大学毕业的迪克,萌发了设立迪士尼乐园第一批员工培训课程的想法。自此,他们成功地培训了第一批员工,让他们在培训结束时牢牢记住:在为即将来到的第一批游客服务时,他们的首要任务就是为游客带来快乐。

自1955年7月17日开幕以来,迪士尼乐园取得了无与伦比的成功。它提高了美国游乐服务行业的行业标准,将什么是优秀的创意、家庭娱乐服务和客户服务进行了全新定义。

迪士尼乐园开园这些年,从游乐项目的数量和难度到扩大员工规模等方面逐渐摸索出了一些方法。此后,迪士尼开始从一个全新的角度审视迪士尼乐园。

那时,迪士尼的团队正经历着成长的烦恼,员工士气的降低尤其让高层头疼,甚至出现了一些对于入职培训课程的抱怨:有些受训人员抱怨培训材料已经过时,那些负责培训的教师对于乐园里的新设施也不了解。迪士尼的培训面临着新的挑战。

当入职培训课程成功地进行了7年,迪士尼开始考虑扩大这个培训课程的规模,使它具备新的形式和内容。在迪士尼公司的大家庭里添加一位新成员的时机已经成熟。这就是应运而生的迪士尼大学,它被称为是迪士尼公司的延伸。

迪士尼明确地说,进入迪士尼大学并非就像员工被送入浴室洗个澡,洗完出来之后就可以直接去上班了。迪士尼大学远比这复杂得多。迪士尼大学倡导的迪士尼培训要义是:培训并不仅仅是告诉员工,你要的材料都在这儿,你可以走了。这种培训形同虚设。培训是向员工灌输一种精神、一种感情,和员工取得情感上的共鸣。培训意味着创造一种适合大脑和感官的环境,并因地制宜设置了一整套课程及教学方法,使之成为独树一帜的职业大学。

为了培训员工,迪士尼大学研究与分析公司员工的需要,并提出训练计划来满足这些要求。对前往应聘的人,他们首先要求其做自我估价,找到适合自己的位置。之后,学校会放一段影片给应聘者看,详细介绍工作纪律、训练过程及服饰,然后才能进入面谈,最后再经过评选,被选中的人方能由穿着全套角色服饰的教师带领进入受训阶段。

在实践中,迪士尼大学形成了核心课程:(1)卓越领导——卓越领导课程提供了通过有效领导提高团队绩效的战略和方法。

(2)忠诚度——探究保留终身客户的技巧,确认通过更好的客户和员工忠诚度产生最优结果的战略。(3)人员管理——挖掘如何选择、培训、激励员工,如何与员工沟通交流,同时展现维护迪士尼独特服务文化的系统。(4)质量服务——学习如何将注意力放在细节上,创造世界一流的服务文化,能够持续、始终如一地超过顾客的期望。(5)企业创新——研究领导人如何统一组织的定位、结构系统和协作文化,并结合员工的全部潜力来创造一个稳定的思维流程,最终形成创新的产品、服务和系统。诸如此类等等。

至于迪士尼大学之培训"魔法"是什么呢?一位中国学者这样评价道:"迪士尼打造了一条高峰体验的金带,其中关键的四环是:诚、善、真、美,即管理者的真诚,激发了员工内心的善意与创造力,带给顾客美好的场景、表演、体验与关爱,并由此体会到梦寐以求的理想真我与人性光辉。"

可见,迪士尼在员工培训理念和实践上确实不同一般,同样具有创新意识和举措。他们以为,迪士尼的幻想工程师用卓越的创造力为乐园营造了奇幻的氛围,而与宾客面对面接触的一线演职人员才是最终实现目标的人。如果在一线工作的员工令宾客感到不快的话,即使耗资 2 亿美金的游乐设施也索然无味。打造这样的魔力需要有天赋、有奉献精神、忠诚的团队作出的贡献和支持。只有让员工对迪士尼文化及其价值观的内心认可和不断强化,才能让迪士尼团队创造出一个个杰作。

每个新员工在迪士尼大学都要经过三个阶段的培训,分别是迪士尼传统、探索迪士尼和岗位培训。其中，迪士尼传统入职培训课程，一方面训练员工用迪士尼用语来称呼顾客、工作、员工等，明确定位并暗示演职人员如何处理他们的角色；另一方面，在扮演每个角色时，要求员工在艺术和技术之间取得平衡。

以扮演白雪公主的演职人员为例，她如果要在被游客环绕的情况下表演，前提是要接受大量的培训，掌握扮演白雪公主的艺术。为了和各个年龄段的游客接触，白雪公主要时时刻刻保持友好的态度，并且像电影中一样，扮演白雪公主的演职人员需要一定的人际交往技巧，确保她不会把游客的好奇当作烦人的事情。同时，白雪公主的身份也要求演职人员具有成为白雪公主的技术，用专业知识帮助她做身份转换。她必须完全熟悉电影里白雪公主的各个动作，并且把自己想象成自己扮演的人物，让自己真正地成为"白雪公主"。

迪士尼看重表演文化的建立、培育并维护，把全体员工的能力与情感聚焦到共同的目标、语言行为上，形成统一的品质标准，引导演职人员在身处的"表演环境"内加强自己的"角色感"，从而在付出情绪劳动时，极大地提高工作效能与服务水准。

拥有和迪士尼乐园同样先进的技术和设备的游乐场并非罕见，但这只是实现梦想的一个环节，如果某个员工变得无精打采，就会在瞬间毁掉完美的一切。正是迪士尼对员工的培训，让员工们深入角色，发自内心地替顾客着想、全身心投入服务、自然地与顾客真诚沟通，成就了奇妙的魔法世界。

迪士尼大学强调：在迪士尼乐园，工作就是表演。迪士尼乐园提供的体验就是一场配合完美的演出。迪士尼员工为了向宾客提供一流的服务，不得不隐藏起自己的真实情绪，表达出所在岗位和整个组织所需的情绪，这是一种类似于戏剧表演演员的情绪伪装活动。

据此，他们将情绪劳动策略分为三类：表层表演、主动深层表演和被动深层表演。表层表演是指当个体感受到的情绪和要求表现的规则不一致时，通过调节自己情绪的可见方面，使其按照规则的要求表现出来。这种行为是一种暂时的假装情绪表现，此时个体的内部情绪感受并未发生改变。主动深层表演是指当个体感受到的情绪和要求表现的规则不一致时，他们通过积极的想象、思考和记忆等心理过程，压制或者唤起某种情绪，使外在需要表现的情绪与内心真实的情绪体验相符合。此时个体的外在表现行为和内部的情绪感受都发生了改变。被动深层表演是指当个体感受到的情绪和要求表现的规则恰好一致时，个体表现出与规则相一致的情绪行为。对于表层表演和主动深层表演，都是需要表演者付出情绪劳动的努力。由此可见，站在你身旁的贝儿公主，或许在浅层表演里隐藏着不可言说的委屈，或者在深层表演中收获了属于自己的快乐。

迪士尼大学正是这样因人而异、因材施教去培训自己的每一个员工，其共同目标就是：创造更多的快乐。

同样，在新近开幕的上海迪士尼乐园里，迪士尼大学对员工的培训，秉承着自己的传统和精髓，为上海迪士尼的正常运转奠定了良好基础。

据权威人士介绍：上海迪士尼最初选择从美国过来的培训师进行培训，也挑选了一批上海大三、大四的学生到奥兰多迪士尼实习半年，以使他们对迪士尼的理念更熟悉，在感情上更接近。入职以后，这批学生有的就成了上海迪士尼的内训师，成为提高服务水平的重要手段。

迪士尼的培训是别开生面、形式多样的。迪士尼对新入职的员工都会采取一系列的培训，其中包括迪士尼的历史和文化。因为迪士尼乐园为游客提供的是沉浸于故事之中的独特体验，而培训的最好方式之一，就是让员工观看众多的迪士尼动画，了解和熟悉迪士尼的经典故事和人物角色。员工可以在迪士尼内部图书馆借阅迪士尼漫画书和动画片。

为什么迪士尼很看重"微笑"培训，因为，全球迪士尼都以发自内心的微笑服务著称，因此，从招聘到培训还包括"微笑"这项重要内容。

当然，这仅仅是上海迪士尼自己内部的培训，略见迪士尼大学的深厚基础及影响之一二，同样，也显示出迪士尼在员工培训、人才培养上的独到之处。此乃迪士尼创新发展的原动力之所在。

而今的迪士尼大学，早已成为迪士尼旗下的全球知名培训品牌，它总结了华特迪士尼公司近百年来的运营经验，将迪士尼企业的运作精髓传授与人。目前，已有几十个国家、几十种行业（包括财富 500 强企业、政府机构等）100 多万专业人士参加过迪士尼大学的专业培训课程。在客户体验上，迪士尼代表世界最高水准，优质服务是迪士尼大学的核心课程，更是迪士尼成为娱乐王国且长盛不衰的"秘诀"之一。

迪士尼大学，一个神秘的地方，一个鲜为人知的地方，正是迪士尼创之源泉……

美食，风味各异的"迪士尼诱饵"

　　美食与游乐，这是众多游乐场所面临的一道难题。但是，迪士尼却有着其独特的思考和解答：他们将游乐视作为美食的一种客源途径，将美食视作游乐的一种休闲方式。由此，相得益彰、互为裨益，让游客在迪士尼乐园尽情疯狂之余享受美食。

　　迪士尼是美国文化的一个符号，同样，迪士尼乐园里的美食，也受到美国快餐文化的影响。

　　当年，快餐是在社会经济发展、人们生活节奏加快、时间价值越来越重视的背景下出现的，为满足人们的快速需求而诞生的一种简约的供餐方式，其显著的特点就体现在"快"字上，制作时间短、口味稳定、服务交易方便、就餐快捷。快餐走进了千家万户，是社会发展的必然需要。然而，迪士尼在自己的餐饮销售上，却并非"独尊快餐"而故步自封，而是采取"百花齐放"，而且在不同国度的迪士尼乐园，更有着自己适宜的餐饮品种，"众口难调"在迪士尼不是问题。迪士尼的美食适应了迪士尼不同消费群的口味。难怪迪士尼也被称为美食天堂。

迪士尼来到了中国上海,其入乡随俗在中餐上大做文章,但也保留着相当的西餐,"中西合璧",老少咸宜。这就是迪士尼美食在上海的新思路、新创举。

在上海迪士尼的"皇家宴会厅"里,游客可以预订一顿神奇的用餐。这里的环境无与伦比,梦幻的宴会厅布置得仿佛童话故事一般,处处呈现着迷人之处。游客在品尝美食的同时,还能享受到皇家般礼遇,那就是多少孩童梦想里的与迪士尼朋友一起吃饭,在餐桌旁与之近距离互动,每一餐都会让人意犹未尽。

当你以"皇家访客"的身份入座于富丽堂皇的宴会厅,随之进入灰姑娘、白雪公主和睡美人的美食之旅。这时,美味佳肴早已被忘却脑后,味蕾上品尝的是同迪士尼朋友相聚的甜蜜!身旁又有迪士尼朋友陪伴,真是一场梦幻般的"童话故事"。

这里,灰姑娘的"南瓜车"和"水晶鞋"、无处不在的米奇造型、冰雪女王艾莎的白巧克力甜品都是食客们的最爱。

来到位于梦幻世界主题区的老藤树食栈,看过《魔发奇缘》的游客一看就知道,餐厅的设计灵感来自电影里的小鸭酒馆。值得一提的是,园区内所有的主题快餐厅都有自己独特的设计风格,所有服务员也是身着自家餐厅的特有服饰。老藤树食栈售卖4款主食,除了传统的炸鱼薯条外,其他3款都有着中西混搭的元素,尤其是别具风味的川味炸鸡,味道棒棒哒,很值得一试。

到了宝藏湾,不可错过巴波萨烧烤,其充满大气而神秘的海盗风格。在这里,大家可以大快朵颐地享用鸡肉、猪肉、海鲜等食物。还有烤鱿鱼配上海菜饭也是很神奇的口味:整只香嫩的烤鱿鱼代表着电影《加勒比海盗》中的海怪,没什么腥气,烤得刚好!菜饭则是地道的上海本帮品种。

在明日世界主题园区,烤火鸡腿的亭子外香味扑鼻。一只的火鸡腿超大个,一般都是两个人分着吃,口味是独此一家的"亚洲风味",闻着吃着都好香!据媒体介绍,火鸡腿曾经在5天里卖掉了5.5吨,创造了迪士尼的纪录。

香港,不仅是享誉全球的"购物天堂",更是东西合璧的饕餮胜地。无国界的美食、平民化的茶餐厅、地道的街头小吃……在香港可以尝到世界各地的美食,也可以吃到独特的港式餐点。同样,在香港迪士尼,这里的美食琳琅满目令人垂涎欲滴。可见迪士尼美食在这里既有"本地特色"又特别推崇东南亚风味。这正是迪士尼的高招所在。

香港迪士尼乐园共有8间主题餐厅和一个小食店,提供不同种类的食物,设有2 900个座位。

由美心西饼主理的市集饼店,在具有维多利亚特色的饼店内提供松饼、牛角包和地道糕饼。据说饼店是由一位著名的维也纳糕点厨师所创,并从奥地利皇室宫廷带来了世界上最著名的甜品和咖啡蛋糕。

河景餐厅,共有186个座位,是一间餐桌式服务餐厅,依探险河而建,让人感觉置身于殖民地时代的东非,河景餐厅提供家庭式的小菜,包括焖猪肉丝和炒牛肉片。

皇室宴会厅，在豪华的哥特式建筑里以迪士尼皇室所用的盾、肩章、旗帜、挂毯及雕塑做装饰，充满皇室气派。餐厅灵感来自迪士尼动画电影《睡美人》，室内340个座位，在室外五彩缤纷的中世纪骑士帐幕下还有320个座位。美食广场提供4个开放式厨房，客人可自选点心、经典食物、烧烤食物及日本寿司、天妇罗等。特别推介：牛排套餐、咖喱鸡套餐。广场餐厅，这间中式餐厅灵感来自《背景故事》，其中讲述一对富有的美国夫妇到中国旅行，爱上中国文化和菜式，回到美国后便开了一间典型的中菜餐厅，并将旅行所收集的装饰品用作餐厅布置。广场餐厅亦以迪士尼动画电影《花木兰》里的概念插图为餐厅的主要特色。特别推介：烧梅、虾饺。

火箭餐厅，是香港迪士尼最大的餐厅。幻想工程师以《星际补给站》为题材，布置金属墙身、迷你火箭和火光熊熊的喷射引擎，令餐厅充满科幻感。食品以美式快餐为主，如炸鸡，汉堡包薯条，各类硬、软包子等，配以亚洲香料，别具风味。

在香港迪士尼里最为出名的还是粤菜。当然，粤菜离不开茶、点心，品种繁多、造型精美且口味新颖的广东点心简直是老少通吃，人见人爱。而在香港迪士尼酒店里，就有一家将广东点心做出迪士尼特色的中餐馆。有网友评价，看到这家餐厅的食物后，第一感觉是震撼，因为每个点心都做得特别可爱逼真，光看就是一种享受。确实，栩栩如生的"鸡丁"莲蓉包、圆鼓鼓的绿色小人菜肉包、萌萌的蚝汁叉烧猪仔包，每样都融合了厨师们的巧思妙想，真的让人不忍下口。

为了顾及中国内地游客的口味，迪士尼餐厅在食物中，特别用内地游客熟悉的"李锦记"做调料。据港媒报道，"李锦记"为迪士尼研制了大西北鸭酱、江南鸭酱、迪士尼鸡翼腌酱及叉烧汉堡包馅料腌酱4款全新酱汁，炮制了叉烧汉堡包、大同烧鸭和五香烧鸭，深受欢迎。

东京美食有一种魔力，便是当你看到文字时，已忍不住馋涎欲滴。不信你试试！神户牛肉、鳗鱼盖饭、豚骨拉面、鸡蛋烧、乌冬面、秋刀鱼、寿喜烧、牛肉饭、河豚料理、生鱼片、海鲜寿司……无论松屋一类的连锁店，还是浅草今半、居酒屋这样的独立门户，站在东京中心地带，日式美食随处可见。面对如此"口福"的游客，迪士尼只有以自己的美食，不断创新来迎合游客，这正是迪士尼美食的创新发展之动力。

东京迪士尼必吃的十大推荐美食是什么呢？分别如下：

卷心酥条：爽脆的派皮内有奶油馅的条状点心卷心酥条，在色彩鲜艳的运货马车上贩售。如果您在梦幻乐园内看到货运马车，一定要去尝尝这款卷心酥条。

小动物圣代：罗克蒂浣熊吧最受欢迎的一道甜点是插着一根米奇吉拿棒的小动物圣代。食客可以充分品尝玉米脆片、巧克力脆片、香草、草莓和草莓果酱的美妙滋味。

手套造型鸡肉包：设计成米奇手套造型的鸡肉包，分量饱满，可爱的设计真让人不忍心下口。不论肉馅还是面包都十分美味，保证让你吃了还想再吃。

丑丫头麻糬：口味包括芒果奶油、香蕉、紫薯奶油三种。丑丫头的脸可爱到爆！

雪宝麻糬：此乃《冰雪奇缘》中的人气角色——雪宝变成麻糬了！雪宝麻糬不仅外观可爱，还用雪宝的造型盘装着，一共有椰子奶油、白巧克力奶油、起司加日本香柚奶油三种口味。

边境双馅派：有着可爱的迪士尼坚果造型的边境双馅派，里面包肉和核桃馅。提到坚果，你就一定会想到奇奇和蒂蒂，外包装的设计也很可爱。迪士尼偶尔会以限量发售方式推出，也是极为热销的一款点心。

鸡肉与番茄的"卡尔佐内"："卡尔佐内"是意大利的一种披萨，外形像大饺子，配料常是肉、蔬菜和芝士。"泛银河披萨港"的鸡肉加番茄"卡尔佐内"，里面包着乳酪和番茄，香味四溢，大人与小孩都爱这一味。

猪肉饭卷：人气十足的猪肉饭卷，是用薄的猪肉片卷米饭做成的速食，卷成棒状方便游客拿着边走边吃。饭卷带一点甜辣的口味，加上分量饱足，是一道让人吃过一次就会爱上的人气美食。

烟熏火鸡腿：让人很想豪迈地一口咬下的烟熏火鸡腿，可以说是游客必吃的迪士尼人气速食，假日里几乎随时都大排长龙。

三眼怪麻糬：外型独特可爱、吃起来软 Q 弹牙，取材自人气卡通角色设计的甜点——三眼怪麻糬。麻糬有巧克力奶油、草莓奶油、卡士达奶油口味等。

去东京迪士尼还应该吃什么？那就是各式甜品。较之欧美甜品的稍稍甜腻，日本人做得口感既清爽又细腻，更适合亚洲人的口味，无怪乎被称为甜品爱好者的天堂。

更有游客推荐：东京迪士尼乐园里，最让人惊艳的是爆米花，除了奶茶味爆米花，其他口味还包括酱油味和咖喱味等。游客在大嚼奶茶味爆米花之后，又塞下几只巧克力味的玩具总动员糯米团，真是独特的"迪士尼享受"。

巴黎——美食之都，巴黎迪士尼也不例外，迪士尼在这里不仅仅有惊险、刺激、迷人的游乐项目，还有美食来吸引游客，这就是迪士尼在美食方面的别出心裁。这里有55个餐厅和13个酒吧，难怪巴黎迪士尼乐园被誉为是"欧洲最大的餐厅"。据不完全统计，每年在这用餐的游客约2 000万。

这里餐馆的菜单至少一年一次要变化，而自助餐餐桌服务要一年更新两次菜单。当然还要考虑到季节性的因素，以及最新的趋势，以期为客人提供最好的产品。

品种多样，这是巴黎迪士尼乐园厨房的关键词。厨师在一个专门的实验室，反反复复设想和开发新的菜单，以满足客户的期望。

当然，迪士尼也非常注重健康。例如"迪士尼神奇的健康生活"，倡导用沙拉和水取代炸薯条和苏打水，同时，还要控制糖、钠的摄入量，对食物的多不饱和脂肪和热量的控制也采取特定的措施，不断建立更健康的菜单。

迪士尼始终保持食品质量。随着每一季的新鲜农产品，无论是水果、蔬菜还是肉。迪士尼及时上市这些农产品做成的美味佳肴。

随着时间的推移，团队树立"在每个餐厅的自助餐签名"的产品，以区别于其他产品。迪士尼将会减少油炸食品，推出更新鲜的产品。同时迪士尼推出开放式厨房：使餐饮烹饪成为一个真正的表演。

据说，10 月 1 日是这里的"巧克力世界的一天"。迪士尼有什么亮点呢？做巧克力，控制上光温度变化。以黑巧克力为例，迪士尼提高温度到 50℃，然后把它降到 27℃稳定，最后把它带到 29℃。这是非常准确的。

迪士尼推荐这里的餐厅让游客来品尝，例如在"加利福尼亚烧烤"，建议你品尝一种"巧克力焦糖"。还有一种非常松软的蛋糕，那就是令人垂涎欲滴的"热那亚蛋糕"，一层香草味的白巧克力摩丝，其次是著名的"caramelia"摩丝巧克力。但对于巧克力爱好者，迪士尼推荐"锭金黑色巧克力软糖"（一块黑巧克力），这是一个由巧克力酱和红果子结合的黑巧克力。

甜品是法式西餐一道令人垂涎欲滴的美食。巴黎迪士尼园区内的灰姑娘主题餐厅有一款水晶鞋蛋糕，是情侣们必点的甜食，让我们一起来品尝美好而纯真的爱情吧！

皮克斯动画工作室推出"料理鼠王"的形象非常具有法国一些特点，"料理鼠王"正式入驻巴黎迪士尼影城。在《料理鼠王》电影上映 7 年之后，巴黎迪士尼这一创新性活动依然备受欢迎。

"料理鼠王"餐厅所在的宫殿命名为"雷米宫殿"，它的装修风格比较类似于田园诗般的巴黎，就像电影中所描绘的那样。

雷米宫殿中的小酒馆向游客提供品尝著名的"普罗旺斯焖菜"，如同电影《料理鼠王》中所描述的那样，这道菜奠定了"天才厨师"的名望。在宫殿中心，还有一个巨大的菜园，负责向大厨们提供所需的蔬菜和香料。据悉有10个不同品种的西红柿、深紫色的茄子、柿子椒等。

难怪巴黎迪士尼坚称：这是最著名的幻想新经典。卓越的技术和创意人才，把先进的技术同讲故事的天赋完美结合，把游乐活动同品尝美食完美结合，为游客创造了一个身临其境的"料理鼠王"景点。这里的文化、这里的建筑和这里的烹饪美食，都镌刻着法国巴黎的印记：从每一个细节入手。

有游客这样断言：仅仅为了美食，都值得去一次洛杉矶迪士尼，因为迪士尼在美食上总有创新的"意外之喜"，让游客乐不思蜀。

洛杉矶迪士尼都有哪些美食值得我们去体验呢？

在水箱温泉镇，那里欣赏着错落有致的风景，享受着充满意大利风情的美食，配一杯好酒，那种曼妙的体验，给你心旷神怡的感觉。

Award Wieners引入全明星各式美食，从小街风情的热狗、香肠到烧烤的热狗，可谓应有尽有，同时，还有针对素食主义的素食餐，以及薯条，还有针对小朋友的各式美食哦！

在天堂码头，有这样一家快餐店，这里有6种生啤酒和刚刚烘焙好的一种叫做椒盐脆饼的当地特色饼干。椒盐脆饼也有多种口味可供选择，有墨西哥辣椒奶酪和甜奶油奶酪，还有米老鼠造型的原味和咸味的。是不是很有意思呢？

喜欢披萨的朋友，一定不要错过木板路披萨面食这家店，同样作为一家快餐店，这里有各式披萨、面食和新鲜的沙拉哦！

在这个追求卓越、个性至上的地方，珍藏着各式造型的别致酒杯，不妨小酌一口来自专业调酒师精心手工酿造的鸡尾酒哦。除了鸡尾酒，这里还有各种精酿的啤酒和葡萄酒，以及精心打造的迪士尼专属零食。

Cafeorleans 是洛杉矶迪士尼乐园中人气最高的餐厅之一，因为在这里就餐需要提前两个月预订。其特色是典型的纽奥良菜色、炸薯条搭配奶酪蒜末和法式蛋黄酱，酸酸甜甜，味道特别。另外，基督山三明治搭配果酱、米奇造型的油炸小饼，也是深受游客青睐。

美食天堂——太平洋码头。前往太平洋码头，一个拥有不同餐厅的水边港口，一个开放式的餐饮区，清新的加利福尼亚葡萄酒和甜点，享受一顿可口的晚餐——墨西哥烧烤，还有满足你的甜食和巧克力。

加州冒险乐园的太平洋码头区是美食、美酒和休闲的天堂。这里的灵感来自著名的蒙特雷罐头厂街、加利福尼亚和纳帕谷壮丽的葡萄园，太平洋码头是游客享受多样化的美食、品尝美酒和潺潺流水的迷人之地。

太平洋码头的露天座位区提供了各种口味，几乎可以满足所有的口味。吃上美味的玉米饼、墨西哥烧烤卷饼和玉米粉蒸肉，品尝一顿亚洲饭，或者享受手工布丁面包、沙拉或三明治。

你可以在金葡萄酿酒厂品尝加利福尼亚著名的葡萄酒,去可以学习如何烘焙面包的面包店参观,还可以品尝面包。

作为最大的迪士尼度假区——奥兰多的华特迪士尼度假区,每年吸引着几千万游客,而且以家庭度假的游客消费群居多,迪士尼自然需要更多的美食来留住他们。

美国奥兰多迪士尼乐园园内品种缤纷的游乐项目惊险刺激,那么园内有哪些具备美味的餐厅呢?

提基小屋在冒险乐园主题园区内,其悠久的历史和广泛的知名度使得它本身也成了迪士尼的象征性标志之一。提基小屋最早经营的是鲜榨冰镇凤梨汁,后来逐渐开始卖凤梨味冰激凌奶昔。如今,小屋还售有香草味和橘子味奶昔。玩得口干舌燥的游客们不妨在此歇歇脚,来一杯清新冰爽的冷饮,再投入到紧张刺激的娱乐活动中去吧!

迪士尼乐园著名的步行街"木板路"上汇集着各种各样的餐馆、酒吧和纪念品商店。在熙熙攘攘的游客人潮中,一块醒目的霓虹灯招牌格外引人注目,那就是著名的飞鱼餐厅。走进餐厅环视四周,您会发现餐厅的墙壁上装饰着手工绘就的过山车壁画,抬头望去,漆成天幕般的天花板上点缀着的闪烁不定的小灯,好似冲着你眨眼的星星。如果您就餐的席位靠里一点,那么您将有幸目睹大厨们为您准备的飞鱼餐厅的招牌菜——土豆泥裹鲷鱼和炭烤纽约牛排。

迪士尼乐园未来世界主题园区内有一家装潢古朴、充满英伦风情的餐厅,这便是玫瑰之冠餐厅。厚重的木质家具,无光的老式玻璃，以及泛黄的黑白照片，让餐厅处处透着一种英国酒馆的古老风韵。在露台坐下，点上一份经典的英式小吃，侍者将为您奉上用英国邮报包裹着的炸鳕鱼和薯条，和着英国吉尼斯黑啤酒细细品味，您会陶醉在悠长的遐思中。某一个夜晚，从餐厅窗台眺看出去，您还会欣赏到整个未来世界主题园区里最棒的焰火表演。

每一个小女孩都有着灰姑娘的美好情愫，而奥兰多迪士尼神奇王国内就有这样一家灰姑娘皇家餐厅，让所有孩子都能梦想成真。来到神奇王国尽头的标志性建筑——城堡中，装扮成灰姑娘的侍者们将领着您沿着铺好红地毯的螺旋楼梯拾级而上，最终来到城堡顶层的主题餐厅。餐厅为人们提供早餐，每张餐桌旁都有"灰姑娘"等候您的差遣。小公主们可以享用法式吐司面包和蛋汤，而大人们则可以品尝龙虾和蟹肉。如果您是素食主义者，一定要尝试一下餐厅为您特别准备的现烘乳蛋饼。

动物世界客栈是一家旨在展示野生世界风情的酒店。酒店的墙壁幕布充满了非洲草原格调，而酒店的旗舰餐厅——吉可餐厅无论从装潢风格还是菜肴特色上来看，都散发着一种融合了非洲风情、印度风情和地中海风情的特殊魅力。餐厅内两只炭烧烤箱为游客们制作出香喷喷的皮尔烤鸡和炙烤菲力牛排，而酒单上地道的南非酒更是为餐厅赢来了广泛赞誉。

走过迪士尼明亮的"木板路"来到湖边，您就看到了沙滩香草冰淇淋店。走进店内，您会看见一台"沃力舍"唱片机，一个红色的冰淇淋展台和一个随时提供服务的老式柜台。邀上三两好友来此小憩，拿起菜单点上一份"激进现实主义"冰淇淋，不久侍者就会为您端来一个大大的金属钵，钵内盛着撒满了香草、草莓、咖啡豆和薄荷巧克力薄饼的圣代冰淇淋。细细品味，冰淇淋香醇的鲜奶味溢满齿间，让人的心中油然而生出一股浓浓的幸福感。

科幻数字餐厅，巧妙地将路边露天电影与美食联系起来。走进餐厅，您会发现游客们都坐在敞篷小轿车内用餐。餐厅前面有一个高约50英尺的电影放映幕布，您可以在享用美食的同时，观看老式的黑白电影，真是悠闲惬意之极。在这里，您可以品尝著名的圣路易斯风味烟熏猪肋和果蔬派，然后喝上一杯盛着奥利奥饼干的奶昔，或者是一杯混合着椰子浆和朗姆酒的招牌鸡尾酒。

卡特·科拉之家开业于2009年，这家餐厅位于迪士尼步行街"木板路"上，每年吸引着无数的游客和当地人前来用餐。店主科拉的烹饪灵感来源于她的家族菜谱，其中最为人们所称道的菜品有佐佐那基——一种正面用火烧成金黄色、点缀着柠檬和牛至的希腊干酪。帕西蒂奥——著名的希腊卤汁宽面。蜂蜜泡芙——表面涂满蜂蜜和肉桂皮的希腊甜甜圈，以及最传统的烘烤全鱼。

舒适的塑料椅、胶木质地的餐桌、格子花纹的地板砖，这就是"50年代黄金时光"咖啡馆带给您的第一印象。随便拉开一张座椅，活泼时髦的招待员会立即迎上来提供服务。在这里，您的首选菜肴是丽兹阿姨的黄金炸鸡和老式的罐焖牛肉，同时，所有的佳肴最好都配上花生酱和果子冻奶昔一起享用，才能彰显出格外的美味。

在自由之树酒店进餐，您会感觉您离美国开国元勋们很近。这是因为酒店整体上散发着一种殖民地时期的客栈风韵，店内6个主题餐厅各具特色，从乔治·华盛顿到贝琪·罗斯，每个餐厅分别纪念了一位美国历史上的杰出人物。从酒店餐具上装饰的图案和其常年举办的类似于感恩节风格的宴会中，可以窥探出自由之树酒店那股浓浓的爱国情愫。酒店提供丰富可口的家常菜，例如烤炙火鸡、精烹牛肉、猪肉土豆泥、四季鲜蔬，还有香草面包、意大利通心粉及品种繁多的美味甜品。

迪士尼的美食世界，正是迪士尼的创新之地，是迪士尼以风味各异的美食来不断吸引游客的"策略"，此乃迪士尼在美食及经营上的一种创意。

不断打造"另类迪士尼"

迪士尼乐园,作为主题公园的典型,为他人所推崇,所津津乐道。

何谓主题公园?其实,主题公园是一种以游乐为目标的拟态环境塑造,从游乐园演变而来。17世纪初,欧洲兴起了以绿地、广场、花园与设施组合再配以背景音乐、表演和展览活动的娱乐花园,被视为游乐园的雏形。现代的主题公园是一种以游乐为目标的模拟景观的呈现,它的最大特点是赋予游乐形式以某种主题,围绕既定主题来营造游乐的内容与形式。园内所有的建筑色彩、造型、植被、游乐项目等都为主题服务,共同构成游客容易辨认的特质和游园的线索。

1955年,美国人华特先生以出色的想象力和创造力,在洛杉矶阿纳海姆建起了第一个现代意义上的迪士尼主题公园。迪士尼乐园的出现,标志着世界上第一个具有现代概念的主题公园诞生。经过短短几十年的发展,主题公园已经成为一个世界性的新趋势。主题公园的概念不断被复制和升华,很多地方出现了各种形式的主题公园热。

当年,华特先生是这样描绘的:"迪士尼乐园就如同爱丽丝步入梦幻仙境,进入迪士尼乐园就进入了完全不同的另一个世界。"

迪士尼自己是这样来形容的:"迪士尼将是这样的一个地方,有点像大集市、展览会、操场、社区活动中心、实物博物馆、一个美好又魔幻的大观园。"

首创的洛杉矶迪士尼乐园,其整体具有这种风格,欢乐又刺激。各个主题园区各有特色,但主要以迪士尼动画为依托,以米老鼠及其他迪士尼的卡通人物形象为主来打造一个主题公园。

其他11座迪士尼乐园均以洛杉矶迪士尼乐园为蓝本,并适当添加不同的元素,形成"另类迪士尼乐园"。这就是迪士尼在品牌运作中连锁发展的独创,不求千篇一律的乐园内容,而是注重开拓不同形式、不同内容、不同游乐项目的"另类迪士尼乐园"。

几十年来,迪士尼乐园之所以脱颖而出,以多样化、特色化、差异化、内涵式发展,成为一枝独秀,傲视天下。其成功之道,见仁见智。但不可小觑的是其打造主题的独特性。迪士尼以为,主题独特性是主题公园的命脉,鲜明特色和独特个性的主题是主题公园的灵魂,也是影响旅游者休闲娱乐取向和决定市场的魅力之源。成功的主题公园都有自己浓烈的主题特色,区别于同类产品的独特形象。

独特的文化主题,构成奥兰多迪士尼乐园独一无二的世界之窗主题园区。

一个主题公园有没有发展潜力,有没有生命力,其蕴涵的文化内涵起着非常重要的作用,因此,必须将游乐和文化紧密地融合在一起,将文化作为旅游来经营,通过发掘和宣扬文化来综合地发展旅游,以经营旅游的方式多方位展示文化,赋予主题公园以丰富的文化内涵,从而创造出具有鲜明特色的旅游文化。

在奥兰多迪士尼,你可以环游世界,领略各国文化的魅力,但却不需要护照。这不是天方夜谭。这就是迪士尼乐园中独一无二的世界之窗园区。

位于奥兰多迪士尼"明日世界"的世界之窗园区,有着11个国家馆。这11个国家提供了当地最棒的食物、音乐、物产及文化。穿越充满诗意的中国山岳,乘坐轻气球飘浮于法国上空,在挪威北欧海盗探险中遇见狡猾的巨怪,航经墨西哥的时间之河。还有令人垂涎的美味佳肴,法国美食、加拿大鲜嫩多汁的牛排、德国的腊肠和啤酒、摩洛哥的地中海式三明治、日本最精致鲜美的海鲜、寿司及蔬菜以及刚出炉的挪威糕饼和点心,这真是一场令人欢欣喜悦的国际盛宴。而且,你还可以享受疯狂购物的乐趣:诱人的娇兰香水、手工彩绘瓷偶、琉璃精品、古董、小饰品、珠宝首饰、礼品、玩具,等等,不一而足,应有尽有,每个转身之处都会发现令你讶异与惊喜的东西。

在这里游览,当然首先光顾中国馆,这是中国游客必选的游览项目。绿色葱茏中的奥兰多博伟湖畔，坐落着迪士尼乐园的世界之窗主题园区，由美国、英国、法国、挪威、中国等11个国家的主题馆构成。

步入中国馆，映入眼帘的是4根红漆立柱的三重牌坊，牌坊中间镌刻着"朝阳门"3个汉字。牌坊颇显气势，又富有中国建筑特色，在"世界之窗"别具一格。

直面牌坊的是仿造的天坛，其规格略比北京天坛的小一些。瞧那红色的外墙门窗、蓝黄色的琉璃瓦屋顶，尤其是穹宇下的单檐圆攒尖顶，远看像一把大伞，其平面呈圆形，象征天圆。方方的基座，象征着地方之意。

中国馆里的建筑，大多类似北京故宫宫殿的式样，大斜坡屋面，高高探出的山墙屋脊，是中国建筑元素的形式。红漆的外墙和门窗以及琉璃瓦屋面，以金碧辉煌为主色调，表明其独一无二的皇宫色彩。房檐上镇邪的兽群雕塑，作为精心装饰，寄予人们对建筑物保护的希望。

在中国馆的360度环幕剧院，当年最为精彩的是电影《中国奇观》。迪士尼派出团队花了几个月的时间，在中国拍摄了长城、紫禁城、天坛、布达拉宫、戈壁沙滩、上海、桂林、长江三峡、哈尔滨冰雪节以及京剧表演等，这部电影引起了游客的轰动。

法国馆里的埃菲尔铁塔，虽然只有原型的1/10，但毕竟是人家的"国标"。去留个影，似乎看不出真假。

加拿大馆是一部精彩的穹幕电影，你可领略加拿大的壮丽山河景象。那里的加拿大木质结构的建筑也是一绝。

日本馆的古乐和传统舞蹈表演,是这里最受欢迎的节目之一。

挪威馆的卑尔根小木屋,伴随着北欧海盗船,构成一幅历史画面。主建筑复原的是基于14世纪奥斯陆城堡遗迹,还有鹅卵石堆砌的挪威小镇广场,门口坐落着木板教堂。

英国馆的广场上,正在上演着莎士比亚戏剧,看看哈姆雷特字正腔圆的表演,你会被这魅力所吸引。铺满鹅卵石的街道,红色的电话亭,典型的英伦王室建筑。藏在英国馆的背面是一个美丽的英式花园,可爱的小熊维尼和跳跳虎就藏在这里。

在巴伐利亚音乐的陪伴下,德国馆的啤酒和铁路模型是你不可错过的。

意大利馆以圣马可广场为原型的造型上隐藏着一个精致的天使,她坐落在钟塔的顶端,由金箔附贴着,在夕阳余晖下熠熠发光,美极了。

美国馆的一段视频,扣人心弦地展示了美国历史。历史上的名人:杰斐逊、马克·吐温、富兰克林、罗斯福、道格拉斯、酋长约瑟夫等的音容笑貌,举手投足之间,一个个栩栩如生,富有人格魅力。

另外的墨西哥馆浓郁的西班牙语和草帽风情别具一格,室内的玛雅金字塔是最吸引人的地方。旁边有个室内的露天餐厅,烛光掩映,颇似拉美的夜晚。里面的商品包罗了珠宝、草帽、陶器、服装和一些皮革制品。摩洛哥馆,也是极有民族文化特色的地方。

这样，世界之窗主题园区的一天就快要结束了。最后就是一天当中最重要最精彩的表演了，人工湖上的烟花腾空而起。最后烟花结束的时候，现场会用11种语言向地球母亲祝福，每到一个国家，标志建筑的灯饰就会亮起。

难怪时任美国总统里根给迪士尼致函称之为："EPCOT是敢于梦想并有勇气和动力实现梦想的人的杰作。"

迪士尼强调其独特的参与性。在奥兰多迪士尼度假区有着一座迪士尼动物王国，这也是迪士尼的首创。将迪士尼乐园同动物园的结合，增强其对动物世界的了解和爱护，增强游客的参与性。这是迪士尼在开拓主题公园方面的一种大胆探索。

强调游客参与，没有游客参与的主题公园是没有生命的，主题公园的娱乐活动应是游客不断去主动参与，使游客在得到欢乐的同时也获得知识的增长。迪士尼认为，学习并获得知识是吸引游客的重要方面。

在迪士尼动物王国，游客可与野生动物及史前巨人亲密接触，也可与心爱的迪士尼朋友度过快乐时刻，享受无与伦比的乐趣。动物王国占地达403英亩，是奥兰多迪士尼第4个主题公园。一片片的丛林、森林和广阔草原划分为5个主题园区：非洲奇观、米奇与米妮之家、美国恐龙世纪、探险岛和亚洲之旅。主要游乐项目包括：珠峰探险队、恐龙世界探险记、卡利河惊险激流之旅、乞力马扎罗草原历奇、飞越恐龙世纪、虫虫危机立体动画和生命之树。

在探险岛区，通过探险岛步道，沿途能看见来自格拉帕格斯岛的大乌龟、南非的绯红金刚鹦鹉、白颈狐猴、火烈鸟以及白鹳。看到那火烈鸟，小孩子观察力很强，他们会问为什么每只火烈鸟的腿上都有标签。孩童们会提出一个个天真的问题，你该怎么回答呢？

在徒步森林动物之旅中，可以看到漂亮的鹦鹉，它们可不是装在笼子里的哦！红色的这对儿真艳丽。绿色的这对儿，看上去似乎低调些，丛林中的鸟儿都是不怕人的。经过徒步森林之旅，又可观看有趣的鸟类表演，你不仅可以观赏漂亮的鸟儿，还能知道鸟儿的智力也不差。那驯鸟师和鸟儿配合默契，瞧，美国的国鸟——白头雕，英姿勃勃的样子，可爱可亲。

在面积超过 100 英亩的乞力马扎罗草原上进行非洲大草原狩猎之旅，置身于野生动物栖息区，四处自由游荡的野生动物就环绕在你的周围。

"奇迹般的飞行"，是一个有小鸟唱主角的游乐项目，你可以观看动物现场表演，演员中有迪士尼动画的著名人物——疣猪"普姆巴"和獴"蒂蒙"，它们与狮子王齐名。

"动物考古地"，在这个游乐区域，你可以参观模拟的古生物遗址，从那三角龙、雷龙的化石和骨架中去感受知识的奥秘。

闻名遐迩的"白垩纪之行"，进入美国恐龙世纪进行探险，你将回到 6 500 万年前，完成拯救恐龙的任务。只要系上座椅上的安全带，你就能回到那个时代，阻止恐龙的灭绝。恐龙世界，是使用现代尖端科技，带你回到 6 500 万年前的时光隧道。在这片广阔的土地上,你可以观赏远古时代的恐龙化石,以及抢救人类史上的最后一只恐龙,给你留下难忘的印象。

动物王国,乃是迪士尼世界最大的乐园。据说,当年华特先生曾力主将动物自由放养于此。难怪这里成了动物的王国。而游客们则需乘坐专门的巴士在动物区里参观,抑或在"乞力马扎罗草原历奇"看"虫虫危机3-D立体电影",去"潘加尼森林探险""恐龙世界探险",接触"亲亲小动物"等游乐活动,共享人与自然和谐欢乐。

动物王国于1998年4月22日开放。它是第一个以动物及其保护为主题的迪士尼乐园。

动物王国并非人们想象中的传统动物园,而是野生动物园与迪士尼式游乐场的合二为一。动物王国里的动物超过1 000只,面积有500公顷。这恐怕只有迪士尼能够如此"异想天开",打造出一个不同一般的"另类迪士尼乐园"。

迪士尼将海洋作为主题,由此在东京迪士尼旁边又建造了独特的迪士尼海洋主题公园,独此一家的迪士尼水上世界,以其特色而广受好评。

迪士尼认为,创意性、具有启示意义的主题是主题公园的灵魂,是主题公园区别于其他商业娱乐设施的根本特征,因此,主题公园的主题选择就是其核心的资源。迪士尼成功运作的经验表明,主题公园的主题独特,针对特定的细分市场,满足特定客源的需求,此乃主题公园的生存之道。

东京迪士尼度假区,本已有东京迪士尼乐园,况且年客流量早已超 1 000 万人次。但是，迪士尼为了不断吸引游客，以全新的思路打造一个东京迪士尼海洋乐园，由此构成了迪士尼"姐妹园"，各显特色、互为补充。尤其是东京迪士尼海洋乐园是世界上唯一一座迪士尼海洋主题公园。物以稀为贵，对那些迪士尼的粉丝们更具吸引力。

"冒险和想象力起航！"这是东京迪士尼海洋乐园的广告口号，言简意赅，富有魔力。东京迪士尼海洋乐园已经成为继加州迪士尼乐园后最受欢迎的迪士尼乐园。

东京迪士尼海洋乐园和东京迪士尼乐园相比，刺激、过瘾的游乐项目更多，更适合年轻人。迪士尼海洋乐园以大海传奇为主题，综合了迪士尼多个和海洋相关的资产，比如小美人鱼等。最初建造海洋乐园是洛杉矶迪士尼乐园的计划，而这个计划最后不得不终止，迪士尼幻想工程师却从此获得灵感在东京建造迪士尼海洋乐园，而大获成功。

到了东京，不去迪士尼海洋乐园，那可是一种遗憾。当你怀揣迪士尼的梦想，眺望着东京迪士尼海洋的普罗米修斯山时，"我来了！"的感觉油然而生。

这里的每一个主题园区和游乐项目都配有详细的情节解说和背景音乐，使人仿佛身临其境。它保持了美国迪士尼乐园的正宗风格，却又勇于创新打造出一片崭新的水上世界。游客可以体会到它的"迪士尼魅力"的特色，也可以享受并玩转于不同东京迪士尼乐园的"水文化"特色，还可以看到丰富多彩的具有水上特色的娱乐表演，叫人流连忘返。

在著名的普罗米修斯火山旁,在一片地中海的水域,堡垒式的海上要塞连成一片,古老的火炮镇守在垛口上,虎视眈眈。这里还有西班牙大帆船,这是大航海时代的交通工具。游客可以以探险家的身份,在这里来一番探访游历。

这里有意大利威尼斯的风情,在地中海建筑风格的河畔,小桥流水人家,别具一格的水上交通工具——贡多拉,这是独具特色的威尼斯尖舟。这种轻盈纤细、造型别致的小舟已有1 000多年的历史了。它一直是居住在泻湖上的威尼斯人代步的工具。据说,7世纪时,第一任总督将这种船命名为贡多拉。游客可以在此乘坐贡多拉去畅游运河,可以同热情的船夫交谈,这是一段优雅浪漫的水上之旅,相信你不会错过。

难怪游客们称道:"东京迪士尼海洋,真是一座令人耳目一新的'另类迪士尼乐园'!"

主题公园依托于人文资源,普遍具有强烈的地域色彩和个性化特征,由于主题公园所提供的产品是一种以旅游方式被消费的文化产品,从这个意义上来说,主题公园是一种特殊的以旅游为经营形式的文化产品制造商。同时,文化的特性决定了文化产品应该具有鲜明特色。迪士尼对此深信不疑,且运用自如。其以独特的文化来构建自己的迪士尼乐园,由此,形成一种"另类迪士尼乐园"。

美国人有一句格言:不冒险就不会有大的成功。胆小鬼永远不会有大作为!因为他们都是冒险家的后代。其实,每个国家都有自己独特的精神,美国的冒险精神从建国以来就一直受到美国人的推崇。他们的血统里有着敢于冒险的精神，所以他们创造了一个又一个的奇迹。由此，迪士尼注重在本土打造自己的"另类迪士尼乐园"，以满足美国游客的一种需求。

1955年，洛杉矶迪士尼乐园诞生，迪士尼在主题公园上创下开先河的业绩。充满着美国文化的迪士尼乐园，不失为美国人及美国文化的符号。虽然开园几十年间一直红红火火。但是，迪士尼不甘寂寞，另辟蹊径，又在2001年打造了一个风格迥异的迪士尼加州冒险乐园。

加州冒险乐园是以"加州"作为整个乐园的主题，以集合加州变化万千的风情所量身打造。园内除了设置像加州知名地标的缩比复制品，例如旧金山金门大桥和圣塔莫妮卡海滩步道等，旨在生动展现加州迷人的文化与悠久的历史，是乐园想要表达的本质所在。也有不少以该州文化与历史作为主轴的设定。与毗邻的迪士尼乐园主要是以温馨梦幻的儿童客户为对象之风格不同，加州冒险乐园是以年龄层较大的成人客户作为锁定对象，这是它与其他大部分迪士尼体系的主题乐园较为不相同之处。这里的游乐项目都比较惊险和刺激。

随着迪士尼创新发展，加州冒险乐园大大加入了皮克斯动画的元素。皮克斯的动画包括：玩具总动员、汽车总动员、海底总动员、超人特攻队、虫虫危机、怪兽电力公司等。如果说迪士尼乐园带给大家的是梦幻的童真乐趣，那冒险乐园就是一场极致的疯狂冒险之旅。

加州冒险乐园为游客推出一批全新的游乐项目，占地12英宙的"汽车天地",以三维方式巨细靡遗地重现水箱温泉的原貌,以"化油器郡"最可爱的小镇为迪士尼·皮克斯电影《汽车总动员》的众多粉丝所熟知。水箱温泉赛车手是为迪士尼主题乐园创造的最大型、最精心制作的游乐设施之一,吸引游客们前往风景优美的凯迪拉克山脉。游客们在此亲历水箱温泉所有熟悉的地标(包括商店、餐馆和霓虹灯)时,无不沉浸于精彩的电影故事而回味无穷。

跳上加利福尼亚的"尖叫",加入玩具总动员胡迪和他的朋友们的队伍!观赏迪士尼·皮克斯玩具总动员电影,学会在高飞的"天空学校"学高飞的方式,聆听那个愚蠢的交响乐——米奇乐队演奏了一场"风暴"。还有,从那高高的米奇开心轮上俯视整个乐园,再去尝试木板房里的经典游戏,无处不奇妙!你敢坐这个最长最快的过山车吗?这个米奇摩天轮是个大大的米奇微笑图案,远远地就可以看见那个可爱的米奇头像。坐上摩天轮,我们会跃上150英尺高的天空,在高处俯瞰加州冒险乐园的一切,心旷神怡。

参观天堂码头,你会发现这是一片令人兴奋的土地,到处充满惊险和迪士尼·皮克斯人物。日落之后,天堂湾与音乐、灯光和魔法一起汇合成一个彩色世界的夜晚。

"银河队的使命:突围",这是一次"大惊险"救援行动,"使命"是拯救他的同胞,但"大刺激"与自由下落的感觉,会让你尖叫,这是一次冒险,相信你不会错过。

"怪兽公司的尖叫",驾车穿越许多设置和场景,这个怪物,充满吸引力地邀请你去完成一次令人兴奋的冒险。

在"飞翔"那个神秘的地方,当感觉微风掠过你的脸,便开始在微风轻拂的空中飞行,你会跃过一些"奇迹"!

在金色世界的深处,环绕着大自然的景色,灰熊峰机场正等待着。在这个地方有着雄伟的高山、茂密的松树林等风景奇观,你会被邀请成为加利福尼亚飞行员,一起去飞翔。

环游世界揭开序幕,在瑞士的阿尔卑斯山,俯瞰那些熟悉的景象,但冒险并没有就此结束……才刚刚开始!在你的整个旅程中,你会"跳过"埃及的大金字塔,"穿过"壮观的悉尼港,在乞力马扎罗国家公园附近巡航,探索许多其他风景如画的地方。

你也许会觉得这是你的第一次飞翔,非常刺激又震撼。

你可以来一次惊心动魄的"木筏探险",在内华达山脉的加利福尼亚河中闲庭信步。漂流探险队在加利福尼亚的心脏地区,令人兴奋地自由漂浮,向上,向下,穿过灰熊峰。你可徜徉在一条宁静蜿蜒的小路上,小路两旁满是高耸的松树,经过一系列古老的悬崖,露出了一些加利福尼亚冰河时代居民的化石遗迹。

汹涌的水流在上下轻轻地旋转,几乎失去控制。穿越崎岖的山洞来到嚎叫的矿井,在一个世纪前,矿工们通过一个木制的水闸通道前进。当一个巨大的泉眼喷发时,那看起来像是危险的基岩斜坡压了下去。你需要勇敢……

可见,迪士尼一直在为自己的"另类迪士尼乐园"筹划未来……

　　据世界旅游组织预测，主题公园将成为 21 世纪与探险、海上娱乐、文化旅游等并列的几大旅游产品之一。可以预见，迪士尼在主题公园独特性上的创意和创举早已胸有成竹、运筹帷幄，定能让游客惊喜连连，因为只有独特性，才能确保迪士尼的领先地位，只有独特性，才能成为名副其实的迪士尼！

迪士尼非同寻常的生意经

迪士尼有其独特的生意经，非同寻常，构成其经营之道。迪士尼的经营之道是什么？

不断制造新的快乐和传播快乐，这是迪士尼独特的经营之道。传承原有的经典形象，再加入新的故事情节，与时俱进地去贴近宾客及用户。尽管一些卡通形象都是在几十年前便存在，但是加了新的元素以后，它又能受到新的宾客及用户喜爱。迪士尼倡导的就是娱乐和快乐，这一基因决定了它的商业模式。这恐怕也就是迪士尼的生意经。

2016年上半年，随着上海迪士尼乐园开园的不断临近，迪士尼系列电影《星球大战：原力觉醒》《疯狂动物城》和《美国队长3》也先后在国内院线上映，保持了持续不断的热度。

据公开数据显示，《疯狂动物城》在全球获得逾9亿美元票房，《奇幻森林》票房达7.8亿美元，《美国队长3》在不到两周时间全球获得6.73亿美元票房。迪士尼热在中国，在上海逐渐升温。随之，迪士尼的生意经尽显魔力。

可见，上海迪士尼乐园的开张，将进一步提升其 IP 概念在中国市场的影响力。从线下体验到线上观影，消费者对迪士尼的概念会更加清晰。

而今，迪士尼已经掌握了皮克斯、漫威以及星战等一系列新的公司和 IP 所有权，然后通过"大电影"的方式，将经典的电影场景和形象复制到线下的乐园中，线上、线下两条渠道，共同助推了迪士尼 IP 的崛起。迪士尼生意经如此创新发展，势必更得人心。

迪士尼的生意经就是这样明摆着，决不"忽悠"消费者，那就是多方面多渠道地吸引消费者。而今，在迪士尼乐园主营收入部分中，门票收入约占比为 30%、餐饮 15%、住宿 13%、购物 25%、其他 17%。游客在进入园区后的第二次消费才是迪士尼盈利的真正来源。

迪士尼不做"一锤子"买卖的生意，其注重的是销售一种"迪士尼"概念。《米老鼠》《汽车总动员》《星球大战》等电影中虚拟人物造就了迪士尼衍生品的产业链，开拓了电影、乐园、邮轮、服饰、出版物、音乐剧、玩具、食品、教育、日用品、电子类产品等一系列消费品，五花八门，应有尽有，足以叫消费者心甘情愿掏钱包。

迪士尼的生意经处处可见。在迪士尼乐园，任何一个主题园区甚至是游乐项目的出口处会设置一家礼品商店。在这个出口处的礼品店，有不少是与这个主题园区相关的礼品，而在其他主题园区一般少见。当然，在迪士尼乐园外更是"难觅其踪"。这种独特销售的方式，大大吸引了游客。

迪士尼的经典卡通中都加入了励志、善良、家庭的正能量元素，真善美的因素无论是哪个年龄层、哪个地域的人都能接受，再通过一套特别的逻辑将这些形象故事化、场景化，便形成了核心的竞争力。就这样，其漫画、图书和电影的三管齐下，使迪士尼能够完整延续 IP 的生命力。这是品牌建设的基本原则，可以让这些故事融入迪士尼的生意经。

当年，迪士尼首席执行官曾经是这样来揭示娱乐王国的生意经的：仅以电视业务为例，足见迪士尼生意经不同一般。

前些年，迪士尼投资 10 亿美元，收购了美国职业棒球联盟旗下的流媒体直播公司 BAMTech 1/3 的股权，成为控股股东。收购 BAMTech 是因为迪士尼坚信技术的力量能帮助它扩大影响力，并和人们实时互动。2005 年，迪士尼非常有先见之明地判断出数字移动媒体将成为主流，同意将 ABC 的电视节目放在 Video iPod 这个小玩意儿上。后来也确实如迪士尼所预料，数字移动媒体增长非常迅速。

虽然，与其他传统平台相比，BAMTech 体量较小，但增长迅速。迪士尼认为，BAMTech 的平台增长相当稳健，看好其业务，并且认为 BAMTech 能够让迪士尼有效地将 ESPN 和其他迪士尼的资源转移到数字移动平台上。那时，迪士尼的 ESPN 国际频道已经成为世界体育电视频道的领头羊，用 21 种语言向超过 165 个国家播放。ESPN 的目标一直是为体育迷提供超一流的服务。实现这一目标的一个方法就是在更多平台、更多地点提供服务。BAMTech 与 ESPN 原有业务形成了绝佳互补。最后，ESPN 和各大赛事联盟签订转播许可协议时，大多数情况下都一并买下了在传统媒体和数字媒体平台上转播的权利。

新兴媒体也好，老牌媒体也好，没有哪一家体育媒体的变现能力能和 ESPN 媲美。其中原因很多。首先，ESPN 有能力在各种平台上变现，并为广告主提供多种服务，这就让 ESPN 可以既收订阅费，又收广告费。其次，ESPN 在体育赛事数字化方面遥遥领先所有竞争对手。新兴的体育媒体要购买赛事转播权，不仅要和 ESPN 竞争，还要和 NBC、CBS、Fox 和 Turner 等其他目前拥有体育赛事转播权的老牌媒体竞争。

迪士尼在电视业务上的生意经如此运用自如，这是其战略眼光所使然。

迪士尼的生意经，不仅仅在本土屡试不爽，因为作为一个跨国企业，需要适应不同营商环境，使其品牌走向世界。这里，不得不提东京迪士尼在生意经方面的"青出于蓝而胜于蓝"。1983 年，东京迪士尼乐园开业，初期投资从预定的 1 000 亿日元追加至 1 800 亿日元。2001 年，面向不同消费层的东京迪士尼海洋乐园开业，它和迪士尼乐园以及外围的几家宾馆、商店等构成了迪士尼度假区。

东京迪士尼度假区建设费用大概有 5 000 亿日元，东京迪士尼运营公司计划今后 10 年追加投资 5 000 亿日元。这些投资都是一个目的——为了让游客重复入园。为了增加吸引力，设施、演出、游行都会不断出新。这就是东京迪士尼的创新，其在生意经上注重"以新求变"。

游客第一次去东京迪士尼，在一天内不可能玩遍所有项目。这个乐园本身就被设计成一天只能玩 2/3 的程度，让你的乐趣存有遗憾，以保持对游客的吸引力。迪士尼的动机，就是充分考虑到园区面积、开园时间以及游乐项目数量等因素，同时，东京迪士尼每两三个月都会配合季节开展时令活动，由此，将会形成一定的回头客。

东京迪士尼运营公司发现，游客饮食和商品消费费用和园内滞留时间几乎成正比，所以其想方设法让游客留园时间更长些。

据其 2014 财年统计，游客们在度假区的平均滞留时间为 8.9 小时，此间要吃两次饭，休息两三次。如果投宿于此，餐饮业和商品销售机会又会增加。其实早在东京迪士尼乐园扩充为度假区之后，游客的平均滞留时间就已经增加了 2.5 小时。

小小几个数据，反映了迪士尼生意经的所用之功夫，凸显了其经营之道。

在消费市场，专家们认为有个很特殊的现象：畅销的往往并非价格最低的商品，而是市场表现最活跃的商品。按照消费规律，只有约 5% 的人是早期消费者，他们对价格不敏感，只对新鲜的事物敏感。价格本身不是定位，但价格决定了消费群，消费群决定了定位，所以价格本身也具备了定位的意义。价格定位，就是形成某种象征。如果这种象征是大众追捧的，那么就可以动员更多的消费者购买，由此不断积累有价值的消费群。商品的市场拓展，就在于此。迪士尼深谙此道。

东京迪士尼并不是全球最大的主题公园，但它是盈利能力最强、客流量最大的主题公园，重游率高达97％，居世界第一。2016年，东京迪士尼的年游客量超过2 500万，带动旅游经济消费超过170亿美元，占日本旅游业营收的12％。

为游客着想，投其所好，东京迪士尼乐此不疲。东京迪士尼的精准定位，消费群体明确。东京迪士尼的消费群体是女性。特别是近几年，游客中年轻女性已经超过儿童，成为买买买的主力军。为什么定位年轻女性呢？迪士尼的衍生品效应非常惊人，女性天生爱卡通、爱幻想，这些浪漫的周边产品往往能成为女性的爱恋之物。2013年《冰雪奇缘》上映之后，迪士尼推出的"公主裙"，一年内就带来了4.5亿美元的收入。难怪东京迪士尼财源滚滚。

华特先生在生意经上是具有远见的，倡导生意经的"销售文化"。其一直认为只有借助电视节目的广泛宣传赢得观众，才会促销迪士尼公司的电影。利用电视的作用，定期播放关于迪士尼乐园的虚拟节目，既赢得观众的支持，也赢得投资家的信心。迪士尼每次推出一部新片之前，整个集团上下一致，全力配合，利用所有宣传机器和设施：迪士尼电视频道、所辖ABC电视网、迪士尼网站、迪士尼乐园、迪士尼玩具专卖店，并与其战略伙伴电影院、麦当劳和可口可乐公司等有关方面合作，进行整体宣传。

通常情况下，一部电影即使再轰动也只是"一时"。但迪士尼要让它变得更为长久，于是采用了"连环计"：影院放过后，电视播，接着是录像带、光盘、书籍、出版物，同时将"明星""偶像"制成玩具，印在服装上，让它走进孩子和家长的内心深处。迪士尼说："米奇根本就不是一只老鼠，或像老鼠一样的东西，同样，唐老鸭也不再是一只鸭子。""销售文化"成为现代广告战略定位的理念。让消费者成为这些文化商品的忠实顾客。可以说，现代广告最重要的战略选择就是"销售文化"，它是迪士尼保持长久生命力的源泉。

迪士尼可以将一部热门电影如《狮子王》变成大为轰动的特许经营系列，衍生出电视剧、图书、玩具、主题公园和百老汇演出……除了影片的发行网外，迪士尼还拥有书籍、玩具、服装、电视以及录像带等其他商品的全球发行网络，所有这些构成了迪士尼复杂完备的基础。在此基础上，经过多年的努力，迪士尼在动画片以及其他产品的制作方面已经赢得了人们的信任，建立起了世界性的声誉。

华特先生曾经这样提出："在变动不居的商业世界，我们不能故步自封，或者沉浸过去停滞不前。面对时机与条件的千变万化，我们必须咬住目标，专注未来。"几十年来，从乐园到衍生品，从电影到乐园，再从乐园到电影，可以看到在迪士尼的生意当中，任何一个业务上的端点（比如乐园中的游乐设施或者电影中的角色）都可以变成一个出发点。从这个点上，能够延伸出各种其他的形态，从而帮助迪士尼将所有的业务结合起来，而这正是迪士尼这个商业帝国所拥有的最核心的竞争力。在这个产业链上，可见迪士尼的生意经之真谛。

迪士尼的生意经是充满着创新精神的，是别具一格的创新，是面向市场的创新，所以是成功之道。

科技，迪士尼的"永动机"

一座乐园，改变一个城市。这就是迪士尼曾经创造的辉煌、曾经的奇迹。

"我们勇往直前，打开新的大门，尝试新的事物……好奇心带领我们踏上新的道路。"这是华特的一句名言，也是迪士尼乐园对永攀科技高峰的一种注解，构成后来迪士尼乐园的一种风格。

皮克斯的联合创始人和首席创意官拉塞特说过一句话："艺术挑战科技，科技促进艺术。"

科技，成为迪士尼的"双翼"，使之展翅翱翔在乐园上空。

从历史上来看，迪士尼一直勇于探索和引进最新的科技，使之在同行业中处于领先地步。同时，也为迪士尼乐园带来了声誉，为游客带来了探索新奇的魔力。

早期迪士尼，采取了许多新技术的应用，包括多平面摄像头、人形木偶技术、环幕电影等。例如1928年首创同声动画片，是世界上第一部使用录音技术的"全音响"动画片，为迪士尼在动画史上创造了第一。1932年的全彩动画片《花儿与树》，是在黑白版拍摄完成之后，重新用彩色技术拍摄。这是迪士尼的又一个创举。在1937年拍摄电影《白雪公主和七个小矮人》时，迪士尼就采用了多平面摄影机，给背景增加视觉深度。迪士尼还较早使用了仿生机器人，1963年，迪士尼乐园里的魔幻音乐屋最早践行了这一概念，安装了会唱歌的电动机械鸟。然而，在华特首度创建公司的创新部门——想象工程实验室时，虚拟现实技术就跟让动物学说话一样遥不可及。不过，迪士尼就是这样充满想象力和创造力的。

科技，不仅深入迪士尼动画，还融入了迪士尼的一切。

在那个永不完工的童话世界——迪士尼，其历久弥新、经久不衰的原由是什么？最简单的答案就是：迪士尼乐园永远没有完工，因为，科技让迪士尼如虎添翼，科技与迪士尼的完美结合将永远会给游客带来新奇和快乐。

正如迪士尼的第一个动画明星米老鼠那样，迪士尼乐园与迪士尼电影拥有孩子般的友好真诚、健康的价值观和敢想敢为的精神。尤其是在科技日新月异的时代，迪士尼乐园更是以科技为题材，去营造一个科技的童话世界。最为突出的就是迪士尼乐园里的"明日世界"主题园区。

科技为明日提供机遇，想象为明日提供起点，"明日世界"契合迪士尼电影勇于冒险、勇于想象的精神，为游客带来一场关于未来的奇观。1953年，华特成立WED公司，筹备迪士尼乐园的建设。他是凡尔纳《海底两万里》的书迷，在迪士尼乐园的设计过程中,华特强调了凡尔纳对未来的看法。他提出:明天是一个美妙的时代,今天的科学家正在打开太空世界的大门,而这将对我们孩子们的生活产生巨大的影响。

1964年的纽约世界博览会上,华特提出了"未来之城"的概念,并且在博览会上展示了新的"明日世界"设想。迪士尼公司为4个展馆进行设计,以"进步的旋转木马"的舞台剧展示现代电气与人类生活,提出了现代科技对人类的影响,对"明日世界"的美好前景进行展望。

在不同的迪士尼乐园中,"明日世界"的构造和主题也不尽相同,当然,万变不离其宗,都是强调科技与未来这个主题。

洛杉矶迪士尼乐园的"明日世界"是最早建成的,为了展现明日世界的未来感,迪士尼乐园制作人请来了太空工程学家等人作为园区的设计顾问。在1955年的开幕仪式上,华特对"明日世界"是这样阐述的:"明天将会是个奇妙的时代。"

"明日世界"开幕之初,主要的设施包括奔月火箭、宇宙喷射机和大赛车场,不久后又加入了潜水艇之旅。奔月火箭主要由迪士尼幻想工程师设计,在专家的帮助下完成,是当时最高建筑的游乐项目,比睡美人城堡还要高,直到1967年翻新时被移除。

在迪士尼开园50周年时,这里又加入了全新惊险刺激的"巴斯光年星际历险",而"飞越太空山"亦以21世纪的全新面貌出现,重新编排的座位、声音、灯光效果、太空船出发及返航跑道,为游客带来了另一番太空体验。

据有关资料称，在 50 周年时，洛杉矶迪士尼乐园里的一砖一瓦、一草一木都被重新翻新过，游客有耳目一新之感。

香港迪士尼的故事始终在继续，为营造一个童话般的世界，并不断完善和丰富这个故事，正是这种经营理念，迪士尼成为人们心中一个关于童年及幻想的世界。

从前去过香港迪士尼的人大都有这种感受：乐园大部分设施只适合小孩，是儿童的乐园。随着近些年香港迪士尼乐园 4 个扩建项目的逐步开业，乐园也开始吸引更多的年轻人去寻找童话。2011 年，园内第一个针对年轻游客的扩建项目——"反斗奇兵大本营"开业，新奇刺激的游乐项目吸引了不少年轻人的眼球。2012 年 7 月第二个扩建项目、最大的主题园区"灰熊山谷"开业，更是告诉人们，香港迪士尼也是成年人的乐园。这里拥有全球首推的"灰熊山谷"主题园区。随着 2013 年的"迷离庄园"开放，乐园景点越来越多，香港迪士尼乐园在不断扩展。2017 年 1 月 11 日，全球迪士尼乐园首个漫威主题游乐项目"铁甲奇侠飞行之旅"在香港迪士尼乐园正式亮相，迎来了全世界"铁"粉与钢铁侠之首秀。

这些，仅仅是迪士尼乐园利用科技走向未来的一个缩影。

科技为迪士尼带来了创新的动力。科技创新是迪士尼成功的秘诀之一。

对于迪士尼乐园中那些不再受欢迎的项目，立即更换，并推出一些更新奇、更刺激的大型游乐项目。

"星球之旅"是在迪士尼乐园里最先出现的大型游乐项目。

这个大型项目需要巨额资金，迪士尼公司从赞助商那里得到了巨额的资金支持。那时，"星球之旅"游乐场从外面看上去还好像是一只巨大的竖在高跷上的箱子，从外面进去时需要经过摇摇晃晃的梯子，一到里面人们就随着《星球大战》的音乐跳起了摇摆舞，在滑稽的音乐里颠簸，上蹿下跳，左摇右摆。游客们感觉这是一次真正的快乐之旅，冒险而刺激。可是，有的游客脸都白了，头晕眼花。据此，迪士尼对游乐场进行了改进，让那些容易神经紧张的游客也能体验到快乐。

1987年1月6日，花费了2.8亿美元的"星球之旅"正式对外开放。游客要坐这艘太空飞船需要排队一个小时。后来，"激流勇进"游乐项目也推出，迪士尼乐园的游客数量也大量增加，因为游客竞相体验科技含量高的游乐项目。

当年华特曾经有一个梦想，就是再建造另类的主题乐园。其间有云霄飞车、巨轮摆渡、马车乘载，最迷人的是游客可以到迪士尼制片厂内游览。

这个奇思妙想是华特的创意，这样既利用了现有的迪士尼资源，又拓展了迪士尼乐园新的项目，还扩大了迪士尼的影响。1986年，时任迪士尼掌门人艾斯纳决定来实现这个梦想，目光投向了好莱坞娱乐行业中久负盛名的米高梅公司。因为迪士尼公司在动画片方面是屡屡斩获得奖，但在真人电影方面还是没有经验。于是，两者一拍即合，建造了迪士尼乐园里的米高梅影城，1989年5月1日开放。据说，因为"米高梅影城"的亮相，游客剧增，一个月内就帮助迪士尼股票上升了20%。

其实，迪士尼不仅仅在游乐项目上不断创新、不断淘汰，其在对乐园的整体风格上，要来一番脱胎换骨。不只是营建一个主题乐园，而是想建立一个城市，一个未来的城市。迪士尼要把未来城市同主题乐园结合起来。这正是迪士尼的规划和创造。

迪士尼的设计是这样的：一个规划完备的社区，数千人工作、生活、消遣和梦想的社区，整洁、健康、没有罪恶的社区，能够展示和试验的地方。

未来城市的设计，是一项创新工作。迪士尼访问了100多家工厂、研究中心和基金会，询问了500多家公司。形成了这个实验性未来模型的社区，其称之为"EPCOT"。这就是后来建造于奥兰多迪士尼世界里的"明日世界"。如今，依然是游客摩肩接踵游览之地。

上海迪士尼2016年6月16日正式开门迎客。其中，全球首创高科技游乐项目"加勒比海盗——沉落宝藏之战"景点最为期待。该大型景点运用众多新颖独特的特效和技术，带领游客来到海洋深处，穿过海盗战舰，直击激烈海战，同时在海上乘风破浪、勇往直前，体验非同一般的海盗探险历程。

实际上，迪士尼在娱乐科技的发展上，正是这样走出自己独特的科技之路。

科技创新，给迪士尼带来了无尽的发展机遇，带来了新的生命。这一点值得我们反思。迪士尼的不断创新，才使其在同业中领先，才使其不断满足游客的需求，也才使其立于不败之地。

如今，在科技发展的征途上，迪士尼正在一步一个脚印地实现虚拟现实技术。迪士尼还以大手笔投资建造了两座星球大战主题园区，将使用VR等虚拟现实技术，打造身临其境的真实感。星战粉丝可以登上"千年隼号"，执行"秘密任务"，参与新秩序军和反叛军的"史诗"大战。

在近年才建成的奥兰多迪士尼的"潘多拉：阿凡达世界主题园区"，亦称"潘多拉：阿凡达世界"。游客可以从一座座悬浮在空中的大山下穿行，用手直接触摸奇妙的荧光植物，在真实空间和幻想世界里自由穿梭。迪士尼未来的虚拟现实还能实现什么？

作为迪士尼乐园全球扩展计划的一部分，耗资5亿美元的"潘多拉：阿凡达世界"代表着迪士尼对未来的勃勃雄心。

2017年5月27日，"潘多拉：阿凡达世界主题园区"迎来它的第一批访客。这一造价高达5亿美元的主题园区是奥兰多迪士尼10多年来最大规模的扩建，迪士尼把它放在了之前人流最少的动物王国区域内，想借阿凡达的热度增加人们在这个区域的到访和停留时间。在这个造价不菲的"潘多拉星"里，有漂浮的山、发光的雨林，游客甚至还可以"坐"在女精灵的背上飞跃峡谷。

一般情况下是不会经常看到山漂浮在空中的，所以当你走进"潘多拉：阿凡达世界"，看到"悬浮山"的时候，大脑一时半会儿很难反应过来。不过，迪士尼动物王国里的这个新项目，也不是游客随处可见的，只有当你走上一座正确的小桥，才能看到这些漂浮在空中的山。这些悬浮山会让人产生认知上的混乱：这是真实世界还是光学把戏？它们真的在漂浮吗？

游客沿着小路继续走，便来到了一片水域，右边是潘多拉星球的奇花异草，左边是纳威族人建造的标志水源入口的神秘图腾。之前若隐若现的悬浮山终于一览无遗：嶙峋的巨石由盘根错节的植物连在一起，其间一条小型瀑布飞流直下，水汽弥漫到脸上。哇！这些山是真的！

在这里，游客的身份是随着 Alpha 半人马远征公司前去潘多拉星球的旅行者。如果你和主题公园中的向导聊天的话，他们会告诉你电影中的事件已经是几百年后的事情，来自地球的邪恶采矿集团 RDA 早已一去不返。如今，开始将人类运输到潘多拉星球，学习这里的生态、动植物知识，修复前人给这座蓝色星球造成的破坏。

作为旅行的内容之一，游客可以使用电影中的"化身技术"来驾驶斑瑟兽进行空中翱翔，也可以驾一叶扁舟观赏潘多拉星球夜晚荧光闪闪的植物，等等。

早在 2009 年迪士尼拍摄《阿凡达》的时候，3D 还是一项巨大的技术突破。通过优秀的 3D 技术和先进的动作捕捉技术的结合，迪士尼创造了惊艳绝伦的潘多拉星球。迪士尼称，3D 技术让人实现了真正的"身临其境"。从这个角度来说，要想获得比 3D 更加真切的体验，唯有将观众带入潘多拉星球了，探视一个超级逼真的重现实景。

在体验了迪士尼的潘多拉星球后,可以肯定地说,这是"沉浸娱乐"发展的重要一步。这个项目不仅让观众进入到了电影中的世界,而且证明了主题公园才是电影《阿凡达》最适合的物化介质。这就是迪士尼对科技的运用发挥至极。

"阿凡达世界"抓住了原版影片的精髓——让观众穿越到一个奇异的新世界,在现实世界实现这个目标,这是真正的"建造世界"。

也许,最吸引人的地方就是让游客可以从现实生活中脱离,进入一个奇异的新世界去探索。这也是迪士尼沉浸式娱乐的目标,而凭借"潘多拉:阿凡达世界",迪士尼在通往沉浸娱乐的路上迈出了重要一步。当然,这全凭迪士尼的科技魔力。

推特创始人之一的杰克·多尔西于2013年年末加入迪士尼董事会时,他曾经这样评价道:"迪士尼一直在打造技术,而不只是在应用技术。但是我觉得,艾格正在用一种在迪士尼已经有一段时间没见到的方式重新点燃对技术的热情。"

科技为迪士尼插上翅膀,展翅翱翔。

早在60多年前,迪士尼创建公司的想象工程实验室,但在当时,虚拟现实技术就跟让人在天上飞一样遥不可及。现如今,迪士尼在动画中运用的技术越发娴熟。2013年超级卖座的动画片《冰雪奇缘》,迪士尼动画人员设计出算法,让成千上万雪片彼此黏结,或是在风中飘荡,或是滚成雪球,使得电影里的每一处冬天景象都更加真实。

2008年,迪士尼成立了迪士尼科研中心。目前,迪士尼不仅有想象工程实验室，还有5个这样的研发部门。其再根据旗下的不同业务，又划分出：人机交互、电脑绘图、视频制作技术、人体识别、材料研究、行为学等不同科研领域。而每年，在迪士尼工作的化学工程师、软件工程师和机器人专家都可以向老板正式介绍他们最疯狂的创意。一旦这些创意具备经济上的可行性，就会立刻实施。

其实，目前我们所看到的用作迪士尼的虚拟现实技术大多还只是停留在VR和全息影像的层面。但未来，混合现实将是发展的必然。

数字化现实+虚拟数字画面，由此而带来的代入感和互动感是其他设备所不能媲美的。简单来说，我们可以在现实中跟虚拟人物互动。

未来的游乐园如果使用这种混合现实技术，那么我们就可以在现实中跟米老鼠、唐老鸭等虚拟角色进行亲密接触了。

迪士尼科技必将为我们带来一个全新的游乐世界未来。

当年，华特对迪士尼乐园的构想是：其不同于地球上的其他游乐场、主题公园、展览会、来自一千零一夜的城市、来自未来的大都会。事实上，这是一个希望和梦想、现实与幻想融为一体的地方。

当年，华特对乐园的核心设计理念可以用四个词来说明：冒险世界、明日世界、边疆世界、幻想世界。在"冒险世界"里，播放着《真实生活历险记》系列影片，可以和机械动物一起参加乐园内的森林河流之旅。"明日世界"可以坐上火箭飞船去探索月球。"边疆世界"里，可以坐驴子和马车，或者坐上古老的马克·吐温号蒸汽船。"幻想世界"是以迪士尼动画片和卡通人物，像霍克船长的海盗船、白雪公主等来吸引游客。

其实，这些都是当初迪士尼乐园的一种设想。当然，随着时代的变迁、科学技术的进步、社会的发展和游客欣赏游览需求的提高，迪士尼乐园始终在求变求新。

因为，科技是迪士尼不断创新发展的"永动机"……

历久弥新的迪士尼动画

动画就是发明，就是在创造一种未来。迪士尼动画几十年的历程足以证明这一点！

2018年2月3日，《寻梦环游记》横扫第45届动画安妮奖，在所有入围奖项中胜出，共获11个奖项，提前锁定奥斯卡最佳动画长片奖，迪士尼动画再创佳绩。

由国际动画协会主办的第45届动画安妮奖公布获奖名单，皮克斯制作的《寻梦环游记》拿下最佳动画长片、最佳导演等11个奖项，在所有入围的奖项中胜出（共获13项提名，没有拿到的2个奖项是因"最佳动画角色制作"和"最佳动画故事板"同时获得两项提名），几乎包揽了动画电影类的所有奖项。

动画安妮奖，其作为奥斯卡最佳动画片的风向标，果不其然，2018年第90届奥斯卡上《寻梦环游记》获得最佳原创歌曲、最佳动画长片两个大奖。迪士尼再次成为最大赢家。

最受欢迎动画片——《寻梦环游记》由华特·迪士尼电影工作室、皮克斯动画工作室联合出品的3D动画电影。该片于

2017年11月22日在美国上映，2017年11月24日在中国内地全面公映。随之，这部迪士尼动画再度在中国市场赢得好口碑。

迪士尼，作为美国动画电影的龙头老大，每年都会产出高质量的电影，从《美女与野兽》《狮子王》《风中奇缘》《花木兰》到《冰雪奇缘》，再到风靡全球的《疯狂动物城》，迪士尼几乎囊括了安妮奖一半以上的荣耀，也带给观众太多太多的欢笑与回忆。

迪士尼的优秀动画电影总是一部接着一部，经过了近一个世纪的曲折发展，迪士尼依然"屹立不倒"，而且还变得越来越朝气蓬勃，正在向着多元化发展。那么，从一只米老鼠起家到世界公认的动画帝国，迪士尼的发展如此历久弥新，其中有着什么奥秘呢？

从20世纪20年代起因为华特创办了迪士尼公司，迪士尼动画开始了萌芽期。迪士尼对各种电影技术的运用更为积极探索，先以"米老鼠"片集起家，完成了由无声电影到有声电影的突破，后来又从黑白片到彩色片。1932年，世界上第一部彩色动画片《花儿与树》获得了电影艺术科学院的金像奖。《花儿与树》也是首次拍摄彩色电影时应用了"特艺七彩技术"的新工艺。迪士尼的创新之举实现了动画电影历史性改变，为后来的动画长片奠定了技术基础。1936年，华特发明出多平面摄影机技术，如今多平面摄影机技术早已在传统的2D动画界得到了广泛的应用和发展。

1937年此后的几年，迪士尼进入飞速发展的时期，《白雪公主和七个小矮人》的诞生是迪士尼第一部长篇剧情动画片，也是迪士尼的一个伟大创举。而后，随着电影科技的不断进步，迪士尼独具慧眼地大量投资，综合一流的技术人才费时数年，完成了多部动画片，获得空前的成功，也奠定了它在好莱坞卡通技术的领先地位。其间，迪士尼制片厂建立了一套卓有成效的既精细分工又协力合作的制度，尤其是故事板的企划，这种方式沿用至今。随之推出了《木偶奇遇记》《幻想曲》《小鹿斑比》，形成其动画长片的规模化，确立了迪士尼不可替代的地位。

这一期间的迪士尼动画使用模仿真人动作的前提下，进行夸张演绎，这种方式成为其创作的主要方式，在《幻想曲》此后的作品中一直沿用下去。这正是迪士尼动画的一种独特风格，使之不同于其他片厂的动画作品，更重要的是能够被广大观众所接受，推动了迪士尼动画源源不断的发展。同时，《幻想曲》是迪士尼设计思想的极大发挥、史无前例的大作，也是迪士尼用动画诠释音乐的一次重要尝试。其成为华特最心爱的一部动画片，在迪士尼动画库中最有历史纪念价值的资产，可以说是世界动画电影史上不可或缺的经典。

这种迪士尼动画长片，也极大地推进了迪士尼的品牌建设，迪士尼动画片和迪士尼品牌融会贯通，相得益彰。这是迪士尼最为成功的创举，源远流长，可以说，其一直延续至今。这正是迪士尼动画片长盛不衰的源泉之一。

由于经历了第二次世界大战，迪士尼动画受到了影响，进入了战间调整时期，它无法继续推出动画长片，就把一些短片组合起来，有《三骑士》《为我谱上乐章》等。

在经历了多年的调整期后，迪士尼重整旗鼓东山再起。迪士尼进入了硕果累累的新的发展期。迪士尼用了10多年的时间，为迪士尼动画恢复了昔日的辉煌。像《仙履奇缘》，这是迪士尼第一部完全脱离了动物为主角的动画片，据说，这是华特最得意的一部经典之作。此后迪士尼便以长篇剧情片为主，形成迪士尼动画的又一种鲜明风格，迪士尼动画更受市场的欢迎。《爱丽丝梦游仙境》《小飞侠》《睡美人》等动画片，不仅延续了迪士尼动画的风格，被后世奉为经典的作品不断涌现，一个娱乐帝国崛起了，华特本人也被美国人民看做是最可亲的一位全民大叔。

这些动画片还被移植至以后的迪士尼乐园，并成为游客喜爱的游乐项目。真可谓迪士尼独具匠心，能够将动画片"搬"到乐园里，让动画片"走向"更多的观众及游客，为动画片的发展别出心裁开辟了一条创新之路。这正是迪士尼动画成功的秘诀之一。

同时，由于新技术的发明和运用，迪士尼最为热衷于这些新技术，凸显出迪士尼动画科技创新的敏感性和开拓性，由此使之一直走在行业的前头，迪士尼动画也不断激活其生命力和创造力。像《小姐与流氓》是迪士尼第一部超宽银幕动画片，视觉效果独一无二。《小飞侠》是第一部用多平面摄影机技术拍摄的动画片，动画片收到了神奇的画面效果。《101忠狗》拍摄中，第一次使用静电复印技术，其创造了动画片中视觉奇观。迪士尼动画正是这样不断求新求变，成就了其在行业中的领先地位，赢得了广大市场和观众，成就了迪士尼动画新的辉煌。

1966年12月，华特离世。这使迪士尼公司一度陷入停顿，动画工作也为了寻找新方向而必须摸索，同时，公司陷入前所未有的困境，影片产量大为减少。

此后20年中，迪士尼在痛苦寻找突破的方向。客观上，华特的去世又为迪士尼带来了一次蜕变的机遇。这一时期，迪士尼动画从以往的创作个人化向团队化转变，更符合现代文化企业的发展和管理。创作团队主力实现交替过渡，新技术重新被大胆运用，尤其是当时颇为领先的电脑动画技术被引入迪士尼动画的创作，这使得迪士尼动画在艺术上的发展如虎添翼。

在这一探索时期，迪士尼动画的真人作品达到了高峰。1988年的《谁陷害了兔子罗杰》，真人与动画合演，瑰丽奇幻的色彩、异想天开的创意，还有那些复杂的镜头拍摄，新技术显得游刃有余，将这类动画片推到了高峰。同时，迪士尼动画还构建了一个体系性的世界——卡通人物作为特殊的明星。迪士尼将真人与卡通人物巧妙地融汇在一起，从而赋予动画片新的魅力。这不仅仅是迪士尼动画的新纪元，也是电影史上的一个里程碑。

20世纪90年代以后，迪士尼步入了新的黄金发展时期。

迪士尼采取创新模式，将动画大片的制作流程科学地总结为一种模板，根据这一模板来策划、编剧、制作和营销。这种模式下的迪士尼动画片，更加高效、更加精细化、更加确保迪士尼的品质。同时，迪士尼动画在选题取材上注重汲取各种文化的资源和养料，世界性的故事题材造就了迪士尼动画的世界性动画语言。在动画创作上，从单纯手绘动画向多元表现形式的动画类型发展，各种表现形式五花八门。尤其是电脑动画异军突起，特别是与皮克斯的合作，像《玩具总动员》，全程由电脑生成图像，开启了CG时代。这是一部开创了一个崭新的动画时代的经典之作。

迪士尼动画继承了原来的传统，这就是故事与音乐、幽默的巧妙结合，注重原画表演，积极向上的主题与梦幻的氛围之和谐境界。同时，以创新精神吸收时代的文化元素，形成自己全新的风格。由此，推出了像《狮子王》《小美人鱼》《美女与野兽》《阿拉丁》等被誉为迪士尼这一时期的经典动画影片。

其中《小美人鱼》改编自安徒生于1836年发表的著名童话作品《海的女儿》，1989年上映的这部影片被誉为迪士尼动画的再造巅峰之作。在20世纪80年代，百老汇式的歌舞片随着电影市场主流更替已逐渐褪色，以音乐歌曲为电影特色的迪士尼动画也因此面临很大的瓶颈，制作《小美人鱼》，迪士尼找来音乐剧创作家Alan Menken和Howard Ashman，才真正找到问题所在，那就是歌曲音乐与剧情的统整性，故剧情与音乐在《小美人鱼》制作过程中是紧密结合的，而不是彼此分开作业最后才凑在一起。影片的特效制作也非常讲究。《小美人鱼》让带有流行风格的歌曲与动画剧情融合，奠定了迪士尼动画接下来的走向：在童话为核、百老汇歌舞为壳的传统上创新。

《狮子王》堪称迪士尼动画又一个黄金时期的扛鼎之作，它的成功也让动画片从原来的小众市场真正进入主流世界。影片中生生不息的宏大开场，使观众难以忘怀，曾是具有力量的动画片场面之一。这部观众热爱并熟知的动画片的魅力在3D化的过程中毫发无损。可见，迪士尼动画技术之高超。

1991年的《美女与野兽》首次加入了由电脑制作的动画场景，成为史上首部被提名奥斯卡"最佳影片"的动画电影。该片为传统故事注入了新的生命，女主角由以往大多的纯真型转向努力掌握自己命运的女强人。因此，这部动画片从整体上来说非常有新意，透露出迪士尼动画新的开拓。迪士尼对童话《美女与野兽》的改编，将这段梦幻色彩的爱情以动画形式极具趣味地搬上银幕，色彩鲜艳，画面精致的2D制作，优美动人却又不失幽默趣味的电影音乐，天马行空的奇妙构思，都使这部动画片至今仍旧能散发着她堪为经典的魅力。特别是《美女与野兽》成功地与流行音乐的结合，此后的每一部迪士尼动画几乎都有流行版的主题曲。这又是迪士尼动画开创的一个新样板。

《阿拉丁》，这是1992年上映的电脑动画作品，在全球获得5亿美元的好成绩，也成为部分观众心目中经典的迪士尼动画作品之一。《阿拉丁》的美妙童话故事在中国也是妇孺皆知，主题曲被观众广为传唱，同时也获得了当年的奥斯卡最佳原创歌曲奖。

这一时期，迪士尼借势推出多部歌舞类动画影片，故事取材也越来越多元化，1995年的《风中奇缘》、1996年的《钟楼怪人》和1997年的《大力士》等再接再厉，1998年推出的《花木兰》更是首次采用中国故事——"木兰代父从军"，以此开创了迪士尼动画新的题材。

迪士尼动画成为世界动画的霸主，并非一帆风顺，也面对过各种危机。迪士尼曾经一度失去了动画片票房的桂冠。迪士尼动画又是如何克难排险转危为安？

随着迪士尼动画片的复兴，多家好莱坞片厂也开始跟进，纷纷建立自己的动画制作部门。梦工厂动画、皮克斯等成为迪士尼最有力的竞争者。特别是面对CG动画技术，迪士尼当时有点反应迟钝，结果其作品的表现远远落后于竞争对手。迪士尼一度不知所措。

2006年，迪士尼以74亿美元收购了其长期合作伙伴皮克斯。2008年，CG动画《闪电狗》的成功，重新为迪士尼注入永不言败的信心。正如当时的迪士尼总裁所断定的那样：动画目前是，未来依然是迪士尼公司的核心和灵魂。

拥抱CG时代，融合手绘传统。随着迪士尼收购了皮克斯工作室，迪士尼动画加入了更多皮克斯的元素，它因此变得更加丰富多彩，更加朝气蓬勃。

2009年出品的动画片《公主与青蛙》既是迪士尼完全手绘的尾声，亦是迪士尼完全手绘的压轴大戏。这部动画片无论其整体艺术成就如何，单纯从手绘成就而言，已经达到了一种难以企及的巅峰与辉煌。该片中的色彩、氛围、格局、创制等的整体配合可以说是天衣无缝，达到了令人宛如身临其境般地进入梦幻般真正童话世界的境界。

迪士尼在坚持自己传统动画制作风格的基础上，把皮克斯的 CG 技术优势和迪士尼手绘风格进行了很好的融合。正是这种兼收并蓄的态度，使得迪士尼一路走来所向披靡。迪士尼动画在《狮子王》为代表的传统性，以及皮克斯为代表的时代性之间，找到了完美的融合方式，开始了重新崛起之路。这正是迪士尼不断创新发展的精神所在，更是迪士尼创新基因的使然。

随着科技创新的不断发展，3D 动画的创作已成为一种大势所趋。3D 与手绘是两种完全不同的艺术表达形式与艺术表达系统。从针对 3D 科技创新的原理视角而言，3D 的本质就在于以虚拟的镜头视角尽最大可能地模拟真人的拍摄方式，而 3D 创制效率的极大提升、创制手段的高度集成、创制实现的快速完成等则为 3D 科技创新的发展大开了方便之门。同时，3D 所赋予观众的那种更加切近、更加真实、更加的在场快感显然是传统的手绘动画所难以企及的。

迪士尼又是如何来接受新生事物的挑战的呢？

迪士尼将自己的传统与皮克斯的创新完美融合在一起，《冰雪奇缘》就是这种融合的产物。在大众眼里，新入主的迪士尼皮克斯创意总裁拉塞特已被誉为是继华特先生之后美国最杰出的动画大师，可他到底能否让迪士尼动画重返巅峰，在一些人心怀疑虑的时候，拉塞特用作品做了回答。

《闪电狗》是拉塞特执掌迪士尼动画之后负责的首部动画

片。作为影片的执行制片人,拉塞特将大量皮克斯的文化基因植入这部迪士尼动画中,最显著的一点就是这部电影不再像以往迪士尼动画中加入大量歌剧元素,此外主角波特的性格设定也借鉴了《玩具总动员》的人气角色——巴斯光年,可以说这是一部带有皮克斯血统的迪士尼动画。

强强联手,优势互补,必然造就迪士尼动画的又一个春天。该片于2008年上映,在取得全球3亿多美元票房收入的同时,也收获了相当不错的口碑,并于2009年入围奥斯卡最佳动画长片的评选,虽然最终还是惜败于皮克斯的《机器人瓦力》。《闪电狗》的成功极大鼓舞了迪士尼的士气,此后几年,在拉塞特的执掌下,迪士尼又连续推出《公主与青蛙》《长发公主》《无敌破坏王》几部广受好评的动画长片,它们唤回了观众对迪士尼动画品质的信心,也使迪士尼动画步入了新的发展之路。

不出所料,2012年上映的《无敌破坏王》,剑走偏锋,让人们看到迪士尼的大胆突破。而后,《冰雪奇缘》向《魔发奇缘》靠拢,回归迪士尼最擅长的童话歌舞类动画风格,获得极大成功。虽然该片在2013年的奥斯卡评选中没能最终夺魁,但它在动画迷当中的口碑却胜过获奖的皮克斯动画《勇敢者传说》,实现了自《玩具总动员》上映以来迪士尼动画对皮克斯动画的首次反超。

2016年《疯狂动物城》的成功就是最好的例证。这部迪士尼原创动画片,以全球票房突破10亿美元,成为2016年的全球票房亚军,位列电影史上动画电影票房第四,本片共获奥斯卡等重要奖项8次，提名7次。

迪士尼在原创动画片方面的再度胜出，标志着迪士尼动画在创新发展中的成功。

何谓"原创电影"，是指影片故事及设定均为虚构，且不是根据文学作品、电视、漫画、舞台剧、历史事件甚至传说改编的电影，也不能是某个电影系列的续集、前传或重启类作品。

迪士尼动画又着手在原创上大展身手。此片的制片方创意并构建了规模宏大、细节丰富的动物城世界，在其中加入了50种不同的物种，保留了这些动画形象在现实世界中的特点，并且让这些动画形象穿上衣服开口说话。创作团队光是调研动物就用了18个月的时间，他们拜访了全世界的动物专家，其中包括奥兰多迪士尼世界动物王国里的专家，并跋涉9 000英里前往非洲的肯尼亚，进行为期两周的动物个性与行为的发掘。诸如此类的创新因素，为迪士尼动画原创奠定了现实基础。

迪士尼动画永不停步，创新发展，这正是迪士尼"王者归来"的秘诀。

迪士尼在全球动画产业的霸主地位当之无愧，其团队在每一部作品中倾注了大量心血，一分耕耘，一分收获。

纵观迪士尼动画的创新发展之路，其历久弥新取决于自我革新、自我突破。在技术层面，迪士尼动画追求一种技术的极限，特别是技术的综合运用。在3D特效成为如今影视作品"常用"技术之前，动画领域率先使用了各种3D动画技术，迪士尼动画是勇于创新的开拓者。

在艺术层面，迪士尼动画不断在追求最完美的艺术理念，从早期的传统造型，逐渐演变成现在极具个性化、风格化，优美却不失夸张的艺术风格，甚至经常在同一时期内运用不同的艺术风格创作不同的作品。由此，迪士尼动画才能各具特色，百花齐放，立于不败之地。

在内涵层面，其作品已经渐渐脱离了早期单纯讲述一些简单哲理的故事，而是赋予影片更多的内涵，使观众从影片中体会到更多不同的观察视角，引起观众更多思考。这无疑涉及创业思维模式，因其非功利主义思维方式才使迪士尼动画在以上各领域能达到极致。

迪士尼不是没有失败的作品，只是它总能从自己的失败中找出自我的不足，并能够寻找到下一次成功的经验。如果没有一种创新发展的思维，它绝对做不到每一次的成功。

历久弥新的迪士尼动画，其正是在创新中崛起，在创新中发展，在创新中磨砺，在创新中赢得未来……

因为，创新就是迪士尼的生命！

异想天开的"幻想工程师"

迪士尼究竟魔力何在？你可能不知道，迪士尼有一支神秘团队——幻想工程师，其负责设计和建造世界上所有迪士尼主题乐园及度假区。你所钟爱的那些迪士尼乐园项目，如城堡、加勒比海盗、飞溅山、鬼屋等，全都出自他们的奇思妙想。

迪士尼所有特质中，创意无疑是核心。创意不仅是一门学问，更是一门艺术，幻想工程师正是迪士尼创意文化的独特产物。

幻想工程师是谁？作为华特迪士尼公司最核心的业务部门，迪士尼幻想工程公司成立于1952年12月16日，当时命名为WEDEnterprises，其员工被专称为幻想工程师。这是华特本人创造出的一个词汇，用他的话来说，幻想工程是富有创意的幻想和专业技术水乳交融的产物。"我们称之为幻想工程——是创造性想象和技术性知识的结合。"

迪士尼之所以具有强大的生命力，有不断创新的能力，来源于它的创意专业性。迪士尼幻想工程公司是一家专门负责乐园内容创意的公司,由创意开发、产品设计、建筑设计和项目管理以及技术研发等部门组成。从成立到现在,已负责设计和建造了世界上所有迪士尼主题乐园及度假区,包括迪士尼邮轮,以及分布在世界各城市的迪士尼商店、迪士尼投资的建筑,直至迪士尼的各种纪念品、某些电影的特别场景等。至今,该公司已经有超过100项的专利技术,这些技术涵盖了各种迪士尼专有的游乐项目、特技效果、光纤技术、交互技术、音效系统等各方面。幻想工程的独特优势来自140多个不同学科的创意及技术专业人士的团队合作及协同共事。

如果想成为迪士尼幻想工程师,除了具备独特创新的想法,还要有追求卓越的理念,以及敢于冒险、敢于尝试新事物的勇气。幻想工程师需要带给人们前所未见、未尝试过的新事物,有强烈创造新事物的意愿,而且创造的步伐永不停歇。当一个新事物创造出来,下一个想法就是创造另一个新的事物。

幻想工程师,就是迪士尼创意的团队,是迪士尼创意的主力军。

追本溯源,其实,迪士尼创意教父就是华特本人。他作为迪士尼公司创始人,曾经获得56个奥斯卡提名和7个艾美奖,是世界上获得奥斯卡奖最多的人。

他的名字就是一种梦想的象征,他在1928年创造了卡通人物米老鼠,制作了电影史上第一部完整的动画影片,创建了迪士尼主题公园,组建了现代化多媒体公司,他的创意改变了娱乐世界的面貌。

与其他动画家相比，华特本人非常注重后续创意人才的培养。他于 1960 年亲自创办了"加州艺术学院"，其办学初衷是将该学院打造成"艺术创意类"的加州理工。学院提供了一个集体合作艺术创作的环境，因注重想象力与创造力启发的艺术教育而闻名世界，培养出的高手不计其数，光从学校 A113 教室毕业的创意界领军人物和导演就包括约翰·拉塞特、蒂姆·波顿、安德鲁·斯坦顿、布拉德·伯德等。正是这个"A113"的荣耀数字，此后也经常出现在皮克斯和迪士尼动画中，例如《玩具总动员 3》中"A133"以车牌照的形式出现。这恐怕正是迪士尼幻想工程师一种难以割舍的情结。

华特的幻想工程并没有结束，最为异想天开的是创建了世界上第一座迪士尼乐园。1955 年 7 月，美国洛杉矶迪士尼乐园正式开门，华特实现了他的梦想，根据迪士尼动画创意设计，世界上第一个现代主题乐园在洛杉矶阿纳海姆市落成，第一周就接待超过 17 万游客。在开放的前 6 个月中，有 300 万人慕名而来，其中包括 11 位国王和王后、27 位王子和公主、24 位州政府的首脑，可见迪士尼乐园的巨大影响力。在这个被誉为地球上最快乐的地方，成立的 60 年间，接待的人数超过 5.5 亿人次。

早年成功地建造了迪士尼乐园，华特本人无限扩充延展了创意这个概念，在他看来，他的创意范畴已经超越了"动漫创意"，而是延伸至跨学科、跨专业的更为广义的创意。比如，专门为设计规划建造迪士尼乐园的创意部门，招募了众多各种专业的奇才。华特在文化旅游、主题公园建设等多方面具有开创性贡献。

追溯华特的创意，其源自一只米老鼠。米老鼠是华特创造的经典形象，它首先出现在《飞机迷》和《飞奔的高桌人》这两部无声短片里。1928年，以米老鼠为主角的《威利号汽船》作为开场短片首次放映，大获成功。1932年，在连续推出的几部以米老鼠为主角的电影取得初步影响后，第一部彩色音乐动画片《花儿与树》获得了奥斯卡金像奖，迪士尼和米老鼠自此名声大振。

在米老鼠成功之后，华特和他的公司又先后推出了《三只小猪》《白雪公主和七个小矮人》《木偶奇遇记》《小鹿斑比》《幻想曲》等一批优秀的动画片，塑造了一批受人欢迎的卡通形象，如唐老鸭、小美人鱼、狮子王辛巴、小飞象、白雪公主、仙蒂瑞拉、花木兰等。

迪士尼动画成功之后，富于想象力的华特突发奇想，想要将他梦幻的动画世界搬进现实，建一个符合他理想的、观众追求的、虚幻而又真实的卡通世界——迪士尼乐园。

华特孕育下的迪士尼同样具有创意天赋和能力。迪士尼拥有源源不断的独特的主题化创意。

迪士尼乐园的主题化创意特色是其成功的关键。主题化指的是赋予某一事物一种象征性的意义，或超现实的意义，作为对这种事物本来意义的补充，通过主题化的创意后，这些事物将显得更加醒目、诱人和有趣。

迪士尼乐园的主题化首先是把游乐园冠以"迪士尼"的主题，而迪士尼则通过其成功的动画电影被赋予了充满梦幻和快乐的意义内涵。为了体现主题，迪士尼乐园内的每一个活动和细节都尽可能地进行了主题化设置，例如随处可见的米奇造型建筑、花坛甚至食物，改建区域的围栏上写着"梦幻即将到来"等，一切都为了让游客体验梦幻的愉悦；主题乐园内的不同区域都有各自的主题，这些主题之间相互弥合关联而又不冲突，各区域围绕主题设置不同的项目，被赋予鲜明的个性和丰富文化内涵的游玩项目，使游客从一般的生理刺激体验上升到对迪士尼文化的情感共鸣；主题公园中售卖的专利纪念品、衍生品都进行了主题化，通过增加商品的附加值来获得更多的利润；迪士尼度假区的各种酒店、度假村、俱乐部、餐厅、购物城也都有自己的主题，例如上海迪士尼度假区的"玩具总动员"主题酒店，以此具备了区别于其他酒店的独特个性，同时也将潜在的客源吸引到了迪士尼乐园的周边。

华特曾说过："只要这个世界上还有一点点想象力，迪士尼乐园就不会停止建设。"因此迪士尼乐园不断地追随社会的发展和市场的变化进行着再创意。每当迪士尼推出一部新的电影大获成功，迪士尼乐园便会根据电影情节或人物形象，相应地设计出一个新的游乐设施或项目，使乐园保有持续的吸引力，即使已经玩遍迪士尼乐园所有项目的游客，也会为了体验新项目再次光顾。华特把虚拟的动画电影中的人物和动物形象，演变成真实的游览项目中的人物、动物，并在真实又富有梦幻意境的场景中，以栩栩如生的布景引领游客亲自演绎动画故事，形成强烈的感召力和震撼力。

除了动画电影的主题注入，迪士尼乐园善于紧随时代热点，将人类社会的未来发展作为表现主题。艾波卡特（EPCOT）主题乐园是奥兰多华特迪士尼世界的组成部分之一，它来自华特对20世纪30年代美国工业化发展的思考，他并没有因为一座座现代化大城市的建立而兴奋。华特看到工业化带来文明的同时还带来了污染，灰色的柏油马路、高大的烟和建筑的水泥森林破坏了自然环境。因此，华特梦想创造一座"未来城市"。这座城市能够容纳2万人居住，是一个规划好的、可控的社区，是显示美国工业、研究、学校、文化和教育的窗口。在艾波卡特没有贫民窟，没有地主，没有人能控制选票。居民将以适当的租金租房来替代买房。没有失业者，每个人都能安居乐业。最终建成的迪士尼艾波卡特主题乐园以未来科技创新和世界各国文化为主题，分为"未来世界"和"世界之窗馆"两大主题区域，成为迪士尼乐园的新亮点，2009年，在美国的主题公园中名列第三，在世界主题公园中名列第六。从主题公园的创新与发展角度来讲，科技、未来、各国文化在当时和现在都属于热门的、能被接受的好主题。

迪士尼在主题公园上也是创意连连。迪士尼乐园勇于面对挑战，积极应对，以品牌优势在充分发挥和保持主打的、传统的主题公园模式——神奇王国的基础上，以更具市场的变化及竞争的需求创新发展了其他内容的主题公园，包括以未来世界为主题的艾波卡特，与米高梅电影公司合作的迪士尼米高梅影城（后来改名为迪士尼好莱坞影城），将野生动物园的游览资源进行迪士尼的主题化创意而成为迪士尼动物王国，并创建了以加州历史人文和新奇游乐项目为主的加州冒险乐园以及以海洋为主题的东京迪士尼海洋乐园。面对巨大的挑战和竞争，迪士尼不断利用自己的品牌优势，创意传统内容以外的主题公园，在满足不同国家、不同年龄、不同层次游客需求的同时，占领更多的主题公园市场，增强竞争力，同时不断以自己的文化演绎出新的娱乐内容来培育迪士尼一代又一代的忠实客源。

同样，迪士尼在动画角色的创意上，充满想象力和生命力。仅以超能大白为例，看看迪士尼的创意之妙。

在2009年收购漫威之后，迪士尼就鼓励部门之间资源共享。霍尔当时完成了《小熊维尼》，迪士尼动画工作室首席创意官拉塞特就建议他去漫威的作品中寻求灵感。霍尔最初被这部漫威宇宙中三线漫画的名字所吸引——六大英雄，看过之后他意识到漫画的两个关键点，一是日本文化元素，二是描绘了一个少年与机器人之间很强烈的情感。这符合迪士尼动画常用的设定，有欢笑也有泪点，有热血又有萌点。于是他决定要围绕这一故事制作电影，项目于2012年6月正式通过，开始筹备。

不过，霍尔与《超能陆战队》联合导演威廉姆斯表示影片也受到日本动画非常大的启发。相比于漫画，影片中有90%的内容是原创。

霍尔和威廉姆斯强调，拉塞特坚信一部电影的故事会在深入调研的过程中浮现。《超能陆战队》也是这么做的，团队拜访了许多机器人专家，去了解在这个领域有哪些进展，希望能创造一个荧幕上从未有过而且惹人喜爱的新形象。在卡内基梅隆大学，他们发现科学家正在研发可以充气膨胀的医用机器人，然后有了大白的草图。

大白的面部设计选择了极简手法，在拉塞特建议之下去掉了嘴，动画师让大白通过眨眼、闭眼、肢体语言来与人类沟通，反而更容易吸引观众融入角色。

在设计大白的走路姿势时，霍尔团队研究了很多纪录片，先是从自然界中选出走路姿势最萌的三种——婴儿走路、穿尿不湿的婴儿走路和企鹅宝宝走路。动画师据此做了三个版本，最终选定企鹅宝宝的姿势。

随着迪士尼越来越走向全球，对幻想工程师来说，最重要的创意就是本地化的智慧。

在上海迪士尼，幻想工程师是最早进入上海乐园项目并实施前期准备的团队之一，他们在保持传统的同时，其创意理念也在不断完善和调整。例如，首先强调早期介入的沉浸式调研。项目未启，创意先行。幻想工程师是最早进入上海的美方技术人员，首席执行官艾格先生本人就先后来中国35次，仅为制订园内餐厅定价策略，食品取样就达5 000个样本。迪士尼在2010年甚至更早的时候，就组织幻想工程师，对中国市场进行了大量调研和前期测试，每个景区项目设计的时间长达6～7年。这恐怕是迪士尼乐园在进入异域前所花时间最长的一次功课。

迪士尼讲究创意过程充分本地化。幻想工程首次在中国招募了150名幻想工程师，分别来自艺术、工程、建筑等不同背景。另外，还与50名中国艺术家一起合作，共同完成上海乐园的娱乐项目、演出剧本等诸多设计工作。园区主打的还是以迪士尼为主的人物和故事，但所有的创意和设计呈现过程，都是由中国本地幻想工程师和咨询顾问一起合作完成的。大量邀请本地专家加盟团队，这在幻想工程的历史上也属首次。

迪士尼在走向世界中打破简单的复制观念。从1983年的东京迪士尼开始，迪士尼已经向全球输出了3座神奇王国类型的乐园，按幻想工程师的经典设计、轴幅式设计、高大城堡和美国小镇大道几乎是神奇王国的标配。正如幻想工程师创意总监鲍勃·怀斯所说："上海乐园虽沿袭了传统的迪士尼技术，也革新了61年前华特建造乐园时首创的一些理念和方法。"用米奇大街和奇想花园取代原"美国小镇大街"设计，没有按套路出牌，上海乐园高达85%以上景点都是全新或是重新设计的。还有最后一点：不是适应，而是根植。据说，在加州幻想工程工作室的总部，每个参与上海项目的幻想工程师都取了中国名字。他们或许在"接地气"，从中国文化中多吸取养料。设计师把自己比作"容器苗"，迪士尼的景观苗木标准中反对移植和剪裁，强调在种植土基中，整体培育，自然生长。这也是设计师创作观念的体现。

据说，迪士尼高层为上海迪士尼定调："原汁原味迪士尼，别具一格中国风。"从图纸规划时，幻想工程师就为上海迪士尼定下了明确的设计目标：建设一座具有地道迪士尼风格和独特中国特色的迪士尼乐园。以游客认知度较高的"奇想花园"为例，它较好体现了上述原则。考虑到本地市场老龄化的特殊性，游客喜爱拍照的因素，幻想工程师专门为本地创新设计一个街心花园，供老年人和小孩在游园时休憩，同时，引入"十二朋友生肖园"的景点，造型上，把中国传统十二生肖和迪士尼动画片经典角色进行了完美融合，既满足乐园分散客流的功能性设计，又满足了游客祈愿留影的体验性需求。上海乐园内，类似这种隐性的中国元素还有许多，和幻想工程师们惯常预设的故事细节——"神秘米奇"造型一样，等待人们去发现。

上海迪士尼乐园的故事，印证了幻想工程师所说的——最大的创意是本地化的智慧。2016年以来，行业国际权威机构对上海乐园的整体创意水平给予肯定。上海迪士尼乐园获世界主题娱乐协会（TEA）授予的2016年度全球唯一的杰出主题乐园成就奖。加勒比海盗和古迹探索营获杰出景点成就奖，奇幻城堡音乐烟花秀获国际游乐园及景点协会（IAAPA）授予的年度最富创意的多媒体演出奖。在充分汲取了巴黎、香港和东京迪士尼的经验和教训后，上海迪士尼乐园没有照搬迪士尼，也没有简单地中国化，而是在尊重和理解中西文化差异的基础上，将两者的优质要素不断交融和整合，建设了一座崭新的游乐世界。

华特曾说，只要这个世界梦想仍在，迪士尼乐园就不会停止扩建。同样,只要海外迪士尼的乐园开门迎客,那么每一天都会是全新的体验。从这个意义上说,创意的脚步没有终点,幻想工程永无止境。这就是迪士尼的"幻想"。

迪士尼成功的核心要素,就在于通过不断创意形成独具特色的迪士尼文化,始终保持着新鲜感和创新力,创意成为推动迪士尼不断前进和扩张的动力源泉。

迪士尼从小到大,从弱到强,其发展过程印证着其核心理念:创意无止境。

创意宛如梦想。

卓越的创意,是最强大的生命力。迪士尼公司首席执行官介绍,创意和创新是这家公司的核心与灵魂。即便公司在各地的本土化运营和商业策略都有所差异,但迪士尼的基因却万变不离其宗,那是迪士尼独有的优势。

而迪士尼的创意,往往出自那些默默无闻的幻想工程师之手。可见,他们是幕后英雄,是真正的迪士尼幻想工程的造梦人。

别具一格的"度假区休闲"

在迪士尼,去乐园里是一种刺激惊险或者温情脉脉的沉浸式体验享受。然而,这里也有独特的度假区休闲,形成了迪士尼的一种生活情调,也反映出迪士尼之创新。那就是独特的"迪士尼休闲文化"。

休闲,其本身具有独特的文化内涵,颇具哲学意味,表达了人类生存过程中劳作与休憩的辩证关系,又喻示着物质生命活动之外的精神活动,说明休闲是人类生存整体的一个组成部分。

亚里士多德在他的《政治学》一书中曾说:休闲才是一切事物环绕的中心。

马斯洛在需求理论中说:休闲促使人对生命进行思索,有助于人的全面发展和个性的成熟,使人真正地走向自由。

可见,休闲是人们在可自由支配时间内,自主选择的符合个人兴趣,并从中获得身心愉悦、精神满足的一些活动。

休闲更多的是一种哲学,体现的是对人自身本质的渴望、对纯粹意义上的人的向往，且更多地体现为一种精神内省。

忙碌的现代人重要的生活内容之一便是休闲。他们一边要努力紧张地工作，另一方面则又需丰富的休闲娱乐来放松自己。

然而，休闲的作用绝不仅仅是放松，而是对生活、对生命的一种创造与丰富。人在各种各样的休闲中，有着更为美好、更为高级的生命体验，这才是高质量的休闲。

"休闲"一词在西方出现较早，最早来自拉丁文"licere"，意为"允许"或"自由"。而现代意义的休闲生活行为则是随着社会物质文明的提高、人类生活质量的提高、生活方式的改善而出现。1970年世界休闲组织通过的《休闲宪章》第二条指出："在保证生活质量方面，休闲同健康、教育一样同等重要。"

对此，迪士尼倾情打造度假区休闲模式，别具一格，颇受游客喜爱。

迪士尼的度假区休闲生活又是怎样的呢？

如果你到过奥兰多迪士尼后，你就会找到答案。

奥兰多，美国东南部的城市，因为迪士尼使之声名鹊起，一跃成为闻名遐迩的旅游休闲城市。

据了解，奥兰多的迪士尼，其中文名称为"华特迪士尼世界度假区"，其主题乐园分为：神奇王国、艾波卡特中心、迪士尼好莱坞影城和迪士尼动物王国。人们称其为"迪士尼世界"，因其占地100多平方公里，乃世界上最大的一座迪士尼，故称"世界"，而其他迪士尼皆称"乐园"。

当年，这里还是水乡泽国一片，至今尚保留大片的原生态湿地和林地。而今，这座世界上最大的迪士尼乐园，建于1971年10月，总面积达120平方公里。拥有4个主题乐园，还有3个水上主题公园、1个热带植物公园。除此之外，还配有30多家宾馆，拥有2万多个房间，日接待入住游客3万余人。还有700多个供房车停泊的露营地，5座高尔夫以及网球、篮球、足球的综合运动园区，另有200多家餐厅酒店和诸多购物商店。由此，形成了一个颇具规模以娱乐休闲为主的迪士尼度假区。

此外，华特迪士尼乐园及度假区还包括：

世界一流的迪士尼游轮，为您和您的家人呈现最激动人心的游轮体验。迪士尼魔法号、迪士尼奇妙号、迪士尼梦想号和迪士尼幻想号四艘游轮将带您和您的家人前往世界上最美的地方，并创造一生难忘的旅程。目前，游轮的目的地包括加勒比海、夏威夷、阿拉斯加、欧洲和更多其他地点。

迪士尼魔法号和迪士尼奇妙号是迪士尼游轮大家庭中最早的成员，也是世界上最受赞誉和最为著名的远洋游轮。每艘游轮可以容纳2 700名乘客和950名船员，船员们为乘客提供全天候的帮助和服务。

在前两艘游轮的成功基础上，迪士尼梦想号成为第3艘加入迪士尼舰队的邮轮。它以经典的20世纪早期设计为特色，可轻松容纳4 000名乘客。

最新的迪士尼幻想号是迪士尼梦想号的姐妹船，它也可以容纳4 000名乘客。

迪士尼分时度假俱乐部的度假区，提供各类特别度假主题、完善的配套设施和世界一流的迪士尼服务，确保您和您的家人拥有最好的度假体验。迪士尼分时度假俱乐部现有 12 处物业，会员家庭近 20 万。

然而，这里不光有新奇、刺激和益智的娱乐游艺节目，也有适合游客不同需求的休闲、度假生活，形成一应齐全的生活配套。让我们去探寻一番迪士尼度假区的风土人情。

坐落于月牙湖畔的宾馆区域乃是休闲天堂。这里的月牙湖，碧波荡漾，涟漪泛光。几群野鸭优哉游哉，而游客们从白天到夜晚，在这里休闲着……

从迪士尼乐园乘兴而归，游客们纷纷来到宾馆旁的月牙湖畔。你瞧，沿湖岸是首尾相连的各式商业娱乐设施，像百老汇面包房、飞鱼咖啡厅、迪士尼人物嘉年华、太平洋歌舞厅、洗衣房、健身房、画廊、游泳池、极限运动场等场所，应有尽有，一直营业到第二天凌晨。

你要选择各国的美食，那么可到湖边的酒楼餐厅，法式的、意大利的、墨西哥的以及美式快餐，令人大快朵颐，或者沐风而坐，在湖边雅座喝上一口啤酒，那个爽啊！或者坐在临窗的位子，眺望着湖岸景色，尤其是入夜，这带弧形的湖岸，眼花缭乱的霓虹灯，跳跃闪烁，照亮了半个湖面，星光灿烂，交相辉映，仿佛是天上人间。

据了解，来迪士尼度假的，不少是一家老小，一般需要在此休息三五天，除了玩迪士尼外，游客们也乐意在月牙湖畔消遣休闲。

月牙湖畔，长街凉亭。经历了乐园里喧闹的人们，似乎更喜爱这里轻松休闲的时光。夜深时分，这里还是灯红酒绿、人声鼎沸。这里的游客就是这样尽情玩尽情享受，如此休闲生活，正是奥兰多迪士尼游客享受欢乐的一个缩影。有人说美国人懂得享受，其实入乡随俗的游客何尝不是如此？

在宾馆区域和迪士尼乐园附近，可在奥特莱斯"血拼"，是另一种享受。

迪士尼城是一个消费之地。为了留住游客，尤其是女性游客，这里还开设了一家奥特莱斯（品牌直销中心），以方便购物。

在毗邻乐园的高速公路一侧，两层式的小楼鳞次栉比，简洁的乳白色外墙风格的建筑，镶嵌于浓浓的绿色之中，格外显眼。宽敞的一大片停车场，免费为游客提供泊车服务，而各个宾馆的门口有穿梭巴士可直抵于此。

迈入大门，两侧的专卖店橱窗里，纷纷打出打折的大幅广告。琳琅满目的商品，以折扣25%～65%的优惠，吸引着游客。100多家品牌专卖店，同台比武，来客各有所爱。像BURBERRY、DIESEL、DIOR、POLO、NIKE、COACH、ARMANI等大牌商品，更受游客追捧，这些店里往往人满为患。那些美国本地的品牌，价格更有吸引力，惹得"抢购狂潮"。某品牌的皮包，深受女性的青睐，入店者大多一买就是三五个，难怪，该店有时人挤人需排长队，限量放人入内购物。

"淘便宜货"的游客满载而归回到宾馆，个个都是喜形于色。

在宾馆与"米老鼠"共眠,成为老少咸宜的乐趣。

入住度假区里的宾馆,只见满眼尽是迪士尼的卡通人物形象。服务台给每位旅客一份印着天真笨拙的"高飞狗"的纸袋,内有酒店指南、电子房卡等,人人见之粲然一笑。

进入房间,宛如来到了迪士尼卡通人物的身边,充满童话般的情趣。打开台灯,座基上一只跃跃欲试的"米老鼠",栩栩如生,连电话机上都有一格印有迪士尼标志的键盘。木制的家具,造型充满灵气,宽大的木床的床头,有两根高高竖起的尖塔形的木柱,左右对称,像迪士尼的标志——灰姑娘城堡上的塔尖。乳白色的装饰台上,一盒系着绸带的巧克力,给人送来一份甜蜜。墙上的几幅迪士尼卡通画,透出一股幼稚却又不失高雅的气息,尤为令人耳目一新的是收拾得井井有条的床铺上,用几条白毛巾编成长着两只大耳朵的"米老鼠"造型,多么可爱温馨。浴室里,更显迪士尼的"身影"。浴帘布上印着"米老鼠",玻璃灯罩上,影影绰绰是"米老鼠",提示牌上又是"米奇"和"米妮",连宾馆提供的香皂上,也勾勒出一只"米老鼠"的头像……

入夜,睡在温馨宜人的木床上,仿佛与活泼可爱的"米老鼠"一同进入梦乡。

如此一应齐全的生活配套和环境,使迪士尼成为旅游度假休闲的胜地,自然是众多游客乐不思蜀的缘由。

华特先生曾经这样说过:"人要活在现实与梦想之间……"

迪士尼正是营造这样一个梦幻般的境地，让每个游客来此体验自己心中的"梦境"。

可见，迪士尼在打造独特的迪士尼休闲方式时，打破一般意义上的休闲，而是将自己的迪士尼文化同休闲相结合，形成自己的"迪士尼休闲文化"，由此，吸引众多的游客，这正是迪士尼在休闲方式上的成功创新。

在迪士尼，休闲是作为一种文化。尽管东西方对于休闲的理解与实践不同，实质上是两者的文化不同。总体来说，东方的休闲是追求内心的平和、宁静，主要表现为以静态为主的休闲方式；西方的休闲则是追求自我价值的实现，主要表现为以动态为主的休闲方式。然而，迪士尼能够融合东西方文化，在其度假区，既有惊险刺激、动人心魄的活动方式，又有清闲悠悠的慢生活，由此形成自己的"迪士尼休闲文化"，这对于迪士尼在不同文化区域里的乐园来说，是一种创新之举。

亚里士多德指出："正确使用休闲是我们生活的基础。"

迪士尼能够将休闲上升到文化的范畴，指人在闲暇时间内，为不断满足人的多方面需要而处于的一种文化创造、文化欣赏、文化建构的生命状态和行为方式。休闲的价值不在于实用，而在于文化。它使人在精神自由中历经审美的、道德的、创造的、超越的生活方式。它是有意义的、非功利性的，它给我们一种文化底蕴，支撑我们的精神，因而，它被誉为"一种文化的基础""一种精神状态，是灵魂存在的条件""是一种对社会发展的进程具有校正、平衡、弥补功能的文化精神力量"。这正是迪士尼创新的高明之处。

既然休闲对生活如此重要,那如何才能获得呢?亚里士多德认为,要获得休闲需要一定的条件,除了具备生活必需品外,"智慧为闲暇活动所需的品德"。也就是说,闲暇与知识密不可分,只有知识才能让我们进行"自由选择",才使拥有闲暇成为可能,而知识的获得自然离不开教育。其实,在迪士尼乐园何尝不是如此?这里的游乐及休闲,是充满知识层面的一种文化活动,是汲取知识的一种独特渠道。许许多多的家庭之所以来迪士尼度假区,除了游乐的功能之外,恐怕也是出于对科技知识的一种渴求,这正是迪士尼乐此不疲地在不断推出知识性游乐项目的原因。

休闲文化的影响力一方面表现在对城市的生态环境、建筑样态、饮食习惯、服装样式、活动载体等物质形态上;另一方面,更是深刻地体现在一个城市的观念、形象、功能和境界这些精神层面上。休闲文化使一个人在精神的自由中历经审美的、道德的、创造的、超越的生活方式;它是有意义的、非功利性的;它给我们一种文化的底蕴,支撑我们的精神。迪士尼这些年的努力,形成其"迪士尼休闲文化",正是一般主题公园所望尘莫及的,同样,也是其别具一格之处。

迪士尼了解自己宾客的需求,这就是"我们的宾客要的是惊奇、开心和娱乐",而迪士尼正是要营造这样的"独一无二的迪士尼的世界",这就是充满休闲文化气息的度假区。

米奇贩卖何种独特的商业模式

陆家嘴,这是中国改革开放窗口——上海浦东的窗口,是上海的一块黄金宝地,此地又是海内外上百家金融机构的聚集地,闻名遐迩的东方明珠电视塔就在这里。

上海迪士尼旗舰店位于浦东陆家嘴的核心区域,正好处在东方明珠电视塔与正大广场之间。市民与游客乘地铁 2 号线到陆家嘴站,经陆家嘴天桥即可抵达。

这里还有个户外广场,是上海迪士尼旗舰店的一大特色。广场中心是迪士尼标志性的米奇头形状花坛,种满了应季的鲜花,四周绿阴围绕,使迪士尼主题广场成了一个放松和休闲的胜地。广场还有一座迪士尼钟楼,每隔半小时就会有 13 个迪士尼经典角色出来报时。主题广场是全球首创,除各式迪士尼主题景观外,还将有娱乐项目表演,形成集商业、文化、休闲为一体的亲子乐园。另外,在上海迪士尼旗舰店的屋顶上也有一个 251 平方米的巨型米奇头,由 8 800 多颗 LED 灯勾勒而成,伴有 119 个仙尘灯装点得无比梦幻。欣赏这一梦幻风光的最佳地点是紧邻的东方明珠电视塔。

2015年5月20日,一个普普通通的日子,但却是上海迪士尼一个不寻常的日子。

在这个寓意"我爱你一生一世"的13点14分,位于浦东陆家嘴的上海迪士尼旗舰店揭开其神秘的面纱。顶着全球最大的头衔,这家迪士尼商店共拥有5 000平方米面积,出售2 000余种迪士尼商品,运营首日吸引了众多粉丝和游客前去捧场。由于过大的客流量,商店开业半小时就一度挂出暂停排队的指示牌,而顾客平均排队时间都要在2个小时左右。

这天上午,网上对迪士尼旗舰店还是"另眼相看",甚至有条信息说:旗舰店门口门可罗雀没有顾客。其实,仅仅过了一个小时,冰火两重天,网上一片热议,10点有着"粉红请柬"的顾客已经排起队来。中午时分,尽管迪士尼旗舰店还没有开门,排队区域早已有数百人在等候。陆家嘴环形天桥上还站着不少市民和游客,纷纷举着相机,以迪士尼商店为背景拍照,比邻着东方明珠电视塔,俨然把旗舰店当成了浦东城市新景观。

旗舰店的保安以商店前的栅栏为界,将排队区域分为外围和内场,内场用绳索分隔成了一条条蛇形通道,采取分批放行的方法,每次允许约100名顾客进店。13时30分,队伍的尾端已排到了正大广场对面的人行道,而指示牌显示的进店等候时长达180分钟。到了13时45分,工作人员就在队伍末尾竖起了"今日排队结束"的牌子。众人大呼:"看不懂!"

为什么迪士尼商品如此受欢迎?是其推销的手段之高明?

还是迪士尼的动画片所产生的令人无法抗拒的吸引力？有人认为：可能是米老鼠满足了我们藐视权威的幻想，或者这个小家伙是战胜巨人的象征。也有人认为：米老鼠并不是一个动物，也不仅仅是一个动画人物，他是一个人，一个和我们非常相似的"普通人"。而从社会学观点来分析：物质文化——用品、实在的事务、纪念品——提供了人与某一经历、地点、感情、记忆或者时间建立联系的方式。这些纪念品传达了某种讯息，帮助人们存储记忆，或者用来唤醒某种经历。也许这正是迪士尼商品广受热捧的原由之一。

据迪士尼业内人士介绍：此前凡在中国大陆开业的印有迪士尼LOGO的"迪士尼商店"，其实都是相当于代理商的迪士尼授权店，而上海迪士尼旗舰店则是迪士尼的直营店。目前迪士尼在全球共有300家直营商店，而在中国大陆只有陆家嘴旗舰店一家。

迪士尼连锁商店始于1987年，其后，由迪士尼所有和经营的迪士尼商店进入北美、欧洲和日本。迪士尼商店是华特迪士尼公司（NYSE：DIS）消费品部的一个分支，这一业务让迪士尼品牌延伸至零售业。迪士尼商店出售高质量商品，拥有独特的产品线，帮助推广迪士尼重要娱乐项目和角色。第一家迪士尼商店坐落于美国加利福尼亚格兰岱尔市，开主题零售模式之先河。目前，北美地区共有200多家迪士尼商店，日本地区有40家，还有70多家迪士尼商店遍布比利时、丹麦、法国、爱尔兰、意大利、葡萄牙、西班牙和英国，以及在线迪士尼商店，作为全球规模大、成功的娱乐公司，只有迪士尼才能通过每家迪士尼商店为顾客带来奇妙的购物体验。

始于1987年的迪士尼连锁商店，开创了主题零售模式的先河。此可谓又是迪士尼商业模式的一个特色。

作为全球最大的传媒巨头，迪士尼集团的商业模式一直被业内所津津乐道。虽然以米老鼠等动画片起家，但其生意来源早已衍生出五大业务板块——广播电视传媒、主题公园及度假村、电影电视娱乐、消费者产品和互动媒体。迪士尼是突出一个主题展开多样化、多元化的商业模式，是独此一家别具一格的经营理念，难怪其他商业对手无法复制。这就是迪士尼的成功之道。

据说，迪士尼商店的衍生品销售每年都是计入"消费者产品部"的营收板块，这一业务让迪士尼品牌延伸至零售业。

作为将迪士尼塑造的动漫品牌转化为衍生产品，这是迪士尼文化的一大亮点，氛围营造被迪士尼商店视为成败的关键，由米奇和米妮、迪士尼公主、皮克斯等构成的几个主要的购物区，消费者似乎很难抵御住迪士尼的诱惑。

迪士尼的诱惑是什么？那就是梦想。对于人类来说，除了最基本的生存需求，梦想是最不会过时的需求，而迪士尼正是向自己的游客"销售"梦想。无论男女老少，也无论什么国籍肤色，只要你接触了迪士尼文化，或者你到过了迪士尼乐园，你也许能从迪士尼的角色中找到自己的梦想影子。这种迪士尼文化使得迪士尼拥有了一种永不过时的商品，而不会被其他所替代。

有财经专家指出：为什么其他形形色色的主题公园难于同迪士尼抗衡？虽然同其他的主题公园一样，迪士尼乐园也为消费者提供了一个游玩和休闲的目的地，但迪士尼乐园却可以将自己的众多角色和消费者的梦想结合起来，为消费者提供一个充满互动的现场版的梦想体验。

同时，迪士尼还通过新的电影不断创造新的角色和梦想，将迪士尼乐园和其他主题乐园区别开来。香港迪士尼乐园声称，2014 年增长主要得益于《冰雪奇缘》热潮带动了相关产品大卖。作为史上最卖座的动画片电影，《冰雪奇缘》此前已经为迪士尼带来 12.7 亿美元的票房收入。

新的商业模式往往能够给传统的公司带来毁灭性的打击。但迪士尼的商业模式已经延续了数十年，却仍然保持着商业上的成功。终究其因，因为迪士尼的商业模式很难被竞争对手完全复制。迪士尼的文化传统是独特的，也是其他主题乐园无法模仿的。这恐怕就是迪士尼能够保持竞争力的关键所在。

迪士尼的梦想，已经渐渐靠近我们。虽然迪士尼早在 20 世纪 90 年代初就正式进入中国，但此前迪士尼的消费品经营一直是以特许授权的形式在进行。如今第一家直营店落户上海后，对迪士尼所引发的商业竞争，乃至整个上海的市场，都会带来不小的冲击。

"上海迪士尼度假区"是一个行政概念，也是一个地理位置的概念，其实，更是一个商机。"度假区"是上海迪士尼的"地盘",这里是"独此一家别无分店",所有的商机被上海迪士尼公司"统吃"。而围绕上海迪士尼的周边地区,这些年早已"埋伏"下"千军万马",那些大大小小的"生意精",就等着迪士尼乐园开业的到来。

用中国人的故事、中国人的创作方式,借助中国人的市场实现了迪士尼同中国市场的对接。

而今,迪士尼直营店开到浦东陆家嘴,这无疑将商战的战场又一次向外扩展,硝烟刚刚燃起……

迪士尼的商业模式究竟是什么?有专家这样解读了迪士尼的商业模式,"其实商业模式最重要的是贩卖的产品是什么,你通过什么样的模式让你的产品源源不断地让消费者去购买"。

有人说,迪士尼贩卖的是"快乐"。有人说,迪士尼贩卖的是"梦想"。还有人说,迪士尼贩卖的是无以复加的"IP"。那么,迪士尼贩卖的究竟是什么呢?其别出心裁的商业模式独特在何处?

其实,千言万语,千头万绪,归根结底,迪士尼就是独特在——创新!

层出不穷的迪士尼动画音乐经典

迪士尼动画的音乐,为何经典连连层出不穷?有人归纳为其独特的音乐创新。

自华特迪士尼公司创作出品了如《米老鼠与唐老鸭》《狮子王》《白雪公主和七个小矮人》《幻想曲》《冰雪奇缘》等许多经典的动画作品,并塑造了米老鼠、唐老鸭、功夫熊猫等无数深入人心的动画角色,及至近年最新出品的动画《疯狂动物城》,在全球各地又迎来了一波又一波的观影高潮,成为迄今为止迪士尼最卖座的一部动画片。

迪士尼动画的成功不仅归功于其精彩的故事情节和对动画人物的生动精细刻画,也得益于在其动画音乐。这就是迪士尼动画音乐的创新所在。

纵观迪士尼动画音乐的发展,其是伴随着迪士尼动画片而走进人们的视野中的。华特先生一生创造了无数经典的动画片,其中经典之王,当之无愧是1937年发行的动画长片《白雪公主和七个小矮人》,这部巨作不仅是世界上首部有剧情的长篇动画片，同时也是世界上首部发行的电影原声音乐唱片的动画片。这是迪士尼动画音乐发展史上的里程碑。

正是迪士尼在动画音乐上的不断开拓创新，适应了当时市场的需求，从而走上了历史的舞台，并开创了动画音乐之先河，领时代之风气，奠定了其动画音乐的地位，同时，成为迪士尼创新发展的一个重要组成部分。

提起迪士尼动画音乐，不得不提那个"米老鼠音乐"。那不仅仅是迪士尼动画音乐的雏形，也是迪士尼动画音乐的基础。这种音乐与动画片内容的紧密相连融为一体，正是迪士尼动画的成功之道。

迪士尼在早期的《威利号汽船》这部动画片中，率先在动画制作中加入了声音元素，首次为米老鼠和他的同伴们配上了充满趣味的音乐，使动作与声音同时展现在观众面前，使卡通形象增添了更多的滑稽色彩，从而紧紧地抓住观众。迪士尼的这一创新，开创了动画片的新纪元。从这之后，声音开始出现在更多的美国动画中，作用也越来越重要，成为美国动画的判断标志。正是这"米老鼠音乐"为迪士尼动画的首创，由此开启了美国动画与音乐的完美结合之门。

几十年来，迪士尼动画音乐不断创新发展，形成其一种动画片的特色，也成为其一种标志。由此，更成为一种经典。

迪士尼动画注重用音乐来传递真、善、美，由此为动画增光添彩。

迪士尼不仅为动画带来了声音，更为动画带来了音乐。如此完美的结合，可谓迪士尼动画音乐的创新之笔。

在动画片的发展中，音乐蒙太奇的出现使画面控制得以实现，也就是音乐和相应的画面可以同时进行。通过画面来阐释音乐，通过音乐来诠释画面的情感，这样就使得动画片在表现空间方面更加开阔。例如《狮子王》表现的是成长的题材，由于有了动画音乐，主体性就更加明显。如其中一个画面：辛巴从小狮子成长为雄壮的大狮子，是在行走的过程中的。那么这一过程的画面就是按照音乐需求来进行的。音乐的起伏变化实际上就标志着辛巴成长过程中的心理、生理等变化，而画面中出现的则是辛巴的成长场景，无论是外貌还是行为都能够显示出来。迪士尼动画音乐就是如此独特的表现手法，拓展了动画的主题。

音乐不仅可以参与情节叙述，也可以展现人物形象的内心情感。它既可以参与构建紧张的画面，也能够在观众面前呈现出可爱温馨的画面。

迪士尼动画片里面的所有音乐都是具有故事性的，它运用了不同内容、不同情绪、不同风格的音乐来表现不同人物的感情色彩和思想。总的来说，迪士尼动画片的故事都是由各种不同的奇妙情感贯穿全剧，表达了真、善、美的主题，向人们传播着真、善、美的正能量。因此，迪士尼动画音乐才能够成为一种动画音乐经典。

迪士尼电影的经典之作《狮子王》是以爱为主题的，里面小辛巴和小娜娜骑在驼鸟上合唱的《等我长大为王》和《今夜能否感受到我的爱》。这些优美动人的旋律和排山倒海的配乐以及它浪漫感人的歌词,让我们可以感受到小狮子王的爱情力量。在动画片《小美人鱼》中,小美人鱼公主用世界上最美妙的歌喉唱着动人心魄的歌曲,表现了这位久居深海宫殿的小美人鱼公主对外面世界的好奇、对自由的渴望和对未来爱情的向往与憧憬。

迪士尼动画音乐在不断创新发展中传递着一种主题思想,倡导着一种积极向上的精神。

迪士尼动画音乐拓展了对人们的情感和内心世界的表达。

在动画片中,动画音乐可以与动画片保持一致的心理节奏,可以弥补动画片表现手段的局限性,因此音乐特别是歌曲往往有着独白与旁白的重要作用,要想有效地起到这种作用,音乐就必须与动画片保持形式及心理节奏的一致性与统一性,同时也要恰当准确地表达动画片情节与人物的内心感受。

《飞屋环游记》是一部富有浪漫主义色彩的动画片。影片的故事情节虽然简单但却打动人心,音乐在其中起到了举足轻重的作用。迪士尼运用主题音乐不断变化的手法,结合温馨、优雅的华尔兹音乐及幽默、活泼的爵士乐,勾勒出了一幅幅回归童真又充满真情的动人画面,使忙碌的现代人可以放松心情,沉浸在对过去的追忆及对未来美好生活的向往中。

正如迪士尼创作实践所得到的共识:音乐并不只是动画画面的陪衬,音乐本身及其内涵都在一定程度上诠释了影片,也给观众们传递了其价值观,构思了一个丰富多彩的情感世界。从而，我们也可以看出，一部优秀的动画音乐，它是整部动画中密不可分的一部分。一部好的动画不一定有好的音乐，但一部好的动画音乐，往往可以促成一部动画经典，一定能给观众留下深刻印象。人们可以从音乐中感受到动画所要表现的主题和情感。许多迪士尼动画经典的流传，充分证明了这一点。

音乐能够最大限度地表现人类最内在的心理体验与微妙丰富的感情状态。用音乐加强影片的感情色彩，来促成影片与观众的契合，正是动画借助音乐的主要目的。影片《飞屋环游记》不仅以情节取胜，更凭借出色的配乐赢得了观众和奥斯卡最佳原创电影音乐大奖。足以证明了这一点。

可见，迪士尼动画音乐的创新发展，乃是其充分认识到这一点，以音乐为充满人文精神和情感世界的动画助阵，正是迪士尼动画音乐的一种境界。

迪士尼音乐为迪士尼动画带来永远的童真童趣，大大提高了迪士尼动画片的形象。

迪士尼探索并找到了一条捷径，那就是以优秀的动画作品引出经典的主题曲，再用经典的主题曲反作用于影片本身，由此，推动优秀影片成就经典。

风趣幽默、离奇曲折的故事，靓丽光鲜的色彩，制作精良的技术，还有米老鼠、唐老鸭、白雪公主等栩栩如生的形象，迪士尼的动画片俘获了亿万观众的心。其中，利用音乐为动画片配乐起到了功不可没的作用，也是迪士尼动画片成功的因素之一。

华特先生创作动画片的初衷不是单纯地为孩子们制作动画片，而是为了不同年龄段的所有人，而其动画片的音乐则与它的剧情一样都是充满童真童趣，语言简单活泼，节奏明快易唱的。《米老鼠和唐老鸭》在配乐的方面就充分地体现了迪士尼动画电影音乐的特色——善于运用最直观的方式来传达故事情节中的童趣和幽默，善于运用夸张而喜剧性强烈的手法与视觉画面相结合，并精准同步，使其音乐节奏和滑稽的表演完美结合，成功地向人们展现了一个趣味横生、天马行空的故事。

迪士尼动画在推广古典音乐上别出心裁。

与古典音乐相结合是迪士尼动画音乐的一大特色，其中最著名的是1940年上映的《幻想曲》。这一部影片的故事情节是由音乐推动的，通过一系列的动画对古典音乐进行了完美的解读。其中《魔法师的学徒》的主角米奇是一位上进善良的魔术师，他努力虚心地学习，超越自己。《春之祭》则是描写了进化论的过程，从单一细胞的形成到恐龙的灭亡。《时光之舞》是一出具有喜剧色彩的由大象、鳄鱼等动物演出的芭蕾舞剧。该片将巴赫的《D小调托卡塔与赋格》、贝多芬的《田园交响曲》、舒伯特的《万福玛利亚》和柴可夫斯基的《胡桃夹子》等名曲与动画影片结合。这部旷世巨作充分利用了古典音乐中的音效节奏、节拍来表现动画，使听觉和视觉充分吻合，让剧情充满色彩，从而调动人们的情绪，达到了情感共鸣。

《幻想曲2000》这部作品，是继1940年的《幻想曲》之后，再度推出的古典音乐动画续篇。《幻想曲2000》由八段不同曲目的音乐配上动画师根据音乐想象出的故事合成。该片是迪士尼电影公司重新整理编撰 1940 年的《幻想曲》故事而成的。看这部动画片就像在享受交响乐，是完全艺术化的动画电影。

这正是迪士尼在动画音乐上的又一创新之举。

迪士尼动画中的音乐，善于不断创新。

主题音乐专注于表达影片的中心思想、人物角色的个性和故事的情感。此类音乐的主旋律可以贯穿全片，一般出现在电影的开头、结尾或者剧中高潮部分，对这一部影片的风格和主旨起到了定位和引导的作用。

2013 年，《冰雪奇缘》问世，这是一部以电脑合成影像动画技术和传统手绘动画结合制成的音乐奇幻歌舞喜剧，取材于安徒生童话故事《冰雪女王》，以现代寓言风格呈现姐妹的情缘和深切的感情。作为迪士尼第 53 部经典动画长片，其音乐的创作与制作，融合了百老汇音乐剧与童话电影音乐的成功经验，在创作理念上做出了有益的创新，绽放出瑰丽的色彩。

《冰雪奇缘》诞生，才让影迷看到了动画巨人的苏醒。《冰雪奇缘》在全球收获了 12.7 亿美元票房，创了迪士尼动画纪录。比票房更亮眼的是其音乐专辑：电影音乐原声带全球销量突破千万，成为 21 世纪第二张"破千万专辑"。尤其是歌曲《随他吧》，这首歌与以往的迪士尼歌曲不同，它摒弃了写实化的歌词，更像是一次宣誓。《美国娱乐周刊》将其描述为"一首令人称奇的自由颂曲"。其动画音乐成为升华剧情的中心思想，比电影本身有着更高的境界。

《长发公主》是 2010 年迪士尼 3D 动画电影，主要讲述的是被巫婆关在高塔里的长发公主，从高塔里逃出去之后发生的一系列故事。在电影《长发公主》中，电影情节与剧中的主题曲、场景音乐、插曲、背景音乐等有着密切的联系，音乐随着情节的发展而不断变化，共同创造出了引人入胜的情境气氛。

　　曼肯将迪士尼动画和百老汇音乐剧这两种最有美国特色的艺术结合起来，满足了美国人长久以来对艺术作品的接受习惯，而他所创作的《阿拉丁》《风中奇缘》等具有异域风情的作品，也开启了迪士尼"世界风"创作的先河，对之后的《狮子王》《花木兰》等电影有巨大影响。

　　曼肯被奥斯卡提名 11 次，获奖 8 次，在迪士尼历史上仅次于华特。

　　迪士尼动画音乐，正是这样一步一个脚印在不断创新发展。

　　迪士尼动画的歌曲，流传至千家万户。

　　歌曲音乐也是一类非常重要的动画音乐类型，它的形式可以分为合唱、重唱、对唱、独唱。歌曲音乐不仅具有重要的叙事意义，也与整个故事的中心思想相结合，烘托了动画电影不同情境下的气氛。比如《白雪公主和七个小矮人》中白雪公主对着森林里面的各种小动物的独唱歌曲，以及白雪公主与王子的对唱歌曲，让《白雪公主和七个小矮人》这部影片充满了生机和趣味；再如《狮子王》和《花木兰》的主题曲《生生不息》和《真情自我》跌宕起伏，听后令人感动万分。

　　曼肯曾经这样论述："音乐是一种电影语言，具有叙事能力。"1988年,他受邀为动画片《小美人鱼》创作音乐。此前,他曾在百代唱片音乐剧场工作,为不少舞台剧、电影作曲。他是看百老汇音乐剧长大的纽约人,认为百老汇是将流行与艺术结合得最巧妙的地方。为了创作《小美人鱼》的音乐,曼肯找来好友、作词家霍华德·阿诗曼。他们将部分剧情改成歌词,用歌叙事,还前往加勒比海寻找灵感,被特立尼达岛上的卡里普索风格吸引,以此为基础创作歌曲《海底世界》,作为电影中螃蟹——塞巴斯蒂安劝说小美人鱼留在海底时演唱的歌。《海底世界》获奥斯卡最佳原创歌曲,这是1964年《欢乐满人间》后,迪士尼时隔25年再夺音乐奖。

迪士尼动画音乐面向全球化,这是迪士尼要走向世界的必由之路,也是迪士尼不断成功的秘诀所在。

迪士尼动画的流行不光是因为它们的推广与宣传,还与其紧随全球化的主题和音乐密不可分。迪士尼动画曾多次将其他国家文化特色运用到动画之中。例如小飞象是由欧洲童话故事改编。在此之后,阿拉丁、狮子王和花木兰等,也都展现了各地域的文化与音乐。

2018年获得奥斯卡最佳动画长片的《寻梦环游记》,讲述了一个热爱音乐的小男孩生长在一个视音乐为诅咒的家庭,一次无意中发现了一把带有魔力的吉他,把他带入了亡灵的国度,那里不是想象中的恐怖黑暗,而是一个比现实世界更加灿烂的国度。当男孩把歌曲弹唱给年迈的COCO听的时候,不少人已经泣不成声了。

这部动画片除了献上了绚丽多彩的画面，皮克斯团队也演奏充满墨西哥风味的音乐，让人听之耳目一新。音乐欢快高昂加上墨西哥的传统舞蹈无疑是一场音乐的狂欢。所谓民族的音乐就是世界的，墨西哥的音乐也受到西班牙的歌唱形式所影响，经常会听到歌者发出一些情绪激昂的叫声表示热情，仿佛是在西班牙的斗牛圣地听到人们的呼喊，浪漫地让人沉醉。

迪士尼还与更多其他国家知名的音乐人合作，不断提高升迪士尼音乐的质量并争取达到新的高度——"全球化和声"。

综上所述，音乐在迪士尼动画中占有非常重要的地位，而富有创意的迪士尼动画音乐一直在不断探索自己的特色，打造自己的迪士尼动画音乐经典。

这就是迪士尼动画音乐的魅力所在。

"电子快速通行证"出台的背后

从 2017 年 9 月 21 日起,在上海迪士尼推出"电子快速通行证",无需再像以前那样在园内狂奔,只需要动动手指,就能把快速通行证领好。

上海迪士尼度假区于 20 日宣布,全新电子版迪士尼快速通行证服务将于 21 日正式启用。游客只需拥有最新版本的度假区官方手机应用程序(APP),即可在进入主题乐园后,随处在手机上预约提供迪士尼快速通行证服务景点的电子版通行证,而无需前往指定地点领取。

要使用全新的电子版快速通行证服务,第一步是下载最新版本的上海迪士尼度假区官方 APP。最新版本的度假区 APP 可于 9 月 21 日起在苹果应用商店或百度手机助手上,通过搜索关键字"上海迪士尼度假区"即可进行下载或更新。进入 APP 后,用户需要按照步骤创建或登录账户。

登录 APP 是第一步,那么在游客入园后,如何又快又准地在手机上领到快速通行证?在通过闸机进入迪士尼乐园以后,用户就可以打开手机APP并进入"查看用户首页",点击右下方"获取快速通行证",扫描门票或季卡背后的二维码,和APP进行关联。关联成功后,进入"选择景点"的界面,点击想选择的景点和时间段,点击确认即可完成预约。游玩时,游客可以在用户首页的"我的行程"中查看所领取的快速通行证,并点击"立即使用",画面就会跳转至带有二维码的电子版快速通行证的使用界面。此时,游客会发现在具有快速通行证入口的景点外,多了一些形如小音箱的检票机,只需将手机屏幕朝上放入扫描二维码,待绿灯亮起就可以成功完成检票。

对于带娃游玩或陪不太会使用智能手机的长辈一同来乐园游玩的游客家庭,全新APP还嵌入了最人性化功能——创建游玩组。该功能将可以实现在同一部手机上关联最多5名游客,对于已经创建游玩组的用户,该游玩组里所有关联的游客都将领取到同一时段同一景点的快速通行证。到了预约景点的游玩时间,游客可以在用户首页"我的行程"中查看所领取的快速通行证,并点击"立即使用"操作即可。

何谓"迪士尼快速通行证"?其英语为"FASTPASS"(简称"FP"),即游客购票后,在指定地点领取"迪士尼快速通行证",入园后可在特定时间段体验指定游乐项目,以缩短游览的排队时间。

上海迪士尼乐园的"迪士尼快速通行证"上将显示旅游项目的名称、游客返回的时间以及再次领取"迪士尼快速通行证"的时间等信息。当您在指定返回时间回到游乐项目入口处,出示"迪士尼快速通行证",便可进入游玩。

据悉,上海迪士尼乐园里将设有3处"迪士尼快速通行证"领取点,即"梦幻世界"游客服务中心、"探险岛"游客服务中心、"明日世界"游客服务中心。其适用游乐项目有8处:明日世界主题园区的创极速光轮、巴斯光年星际营救,梦幻世界主题园区的七个小矮人矿山车、小熊维尼历险记、小飞侠天空奇遇,探险岛主题园区的雷鸣山漂流、翱翔·飞越地平线,等等。当然,这些都是游客非常喜欢的游乐项目,难怪会人山人海摩肩接踵。所以,用好"快速通行证",让您事半功倍。

其实,快速通行证并非上海迪士尼的独家服务项目,是其他11座迪士尼共有的服务特色,在具体操作上大同小异。这里以第一座迪士尼乐园——洛杉矶迪士尼乐园"FP"为例,带您先睹为快。进门后,先到市政厅去领取中文的导游图关于领取和使用Fast Pass。利用"FP"服务,到达领取点,了解快速通行证的开放时间,然后将迪士尼乐园门票的票根(收据)输入到机器内,就会印出一张快速通行证。您只要在快速通行证上规定的时间内,到达该游乐项目的入口,将其交给工作人员,就可入内。"FP"领取处门口会写有"现在发放某个时间段的FP",如果写有"10-11AM",就是现在发的"FP"是要求你在这段时间内回来的。

正是因为洛杉矶迪士尼乐园"FP"服务的创立,为后来其他迪士尼乐园树立了一种管理及服务模式。各家迪士尼乐园都有面向游客的"FP"服务,但至于哪些游乐项目有"FP"服务，是不尽相同的，基本上都是一些非常火爆的游乐项目。

然而，上海迪士尼乐园率先推出电子快速通行证，本是无奈之举。原来，上海迪士尼乐园的快速通行证屡屡被"黄牛"贩子炒作变相销售，奇货可居，一本万利，严重干扰了迪士尼乐园的正常游园秩序。虽经度假区公安部门一再打击处理，无奈"黄牛"贩子打起"游击战"，东躲西藏，影响了度假区的声誉和形象。在此之下，迪士尼乐园采取电子快速通行证，只认"门票"的持有者，对那些"一手多证"者"说不"！用电子版替换纸质版，是为了整治"黄牛"。而且上海迪士尼乐园采用本人照片、门票与快速通行证三者相对应制度，在领取快速通行证时，本人可凭门票每2小时领取一张快速通行证，无法代领。

这就是"电子快速通行证"的来历，足见迪士尼在管理上的创新之举。

迪士尼"人造山"的奥秘

曾经有位美国好莱坞专栏作家称迪士尼乐园是"世界第八奇迹",并且预言,迪士尼乐园还将会是"第九、第十、第十一、第十二奇迹"。尽管这仅仅是其个人的判断,但不乏其对迪士尼乐园创新精神的一种肯定。

纵观全球迪士尼乐园,大都处于平原或者海边,但迪士尼却偏偏要"造出"一座座"人造山"来,可谓又一个"奇迹"!

2014年12月5日,初冬的上海浦东,寒风袭人,但上海迪士尼乐园又传来好消息:迪士尼乐园假山成功封顶,这是目前浦东——这片中国改革开放热土上的"顶峰"。这意味着什么呢?其证明,浦东作为中国改革开放的窗口、现代化建设的缩影。它始终如一以海纳百川的胸怀,筚路蓝缕,高歌猛进,百尺竿头更胜一筹。而上海迪士尼项目正是这种改革开放的硕果之一。

据迪士尼公司透露:建成后的假山将坐落于神奇王国风格的上海迪士尼乐园内,是乐园六大主题园区中一个园区的标志性景点,蔚为壮观。该景点将成为度假区第二高建筑,仅次于奇幻童话城堡，并成为上海市浦东新区的最高"峰"。假山封顶标志着度假区建设过程中又一激动人心的里程碑。

为世界各地游客营造难忘的沉浸式体验是迪士尼的悠久传统，而作为沉浸式体验的一个重要元素，主题园区的布景会度身定制，根据不同的故事和主题呈现不同景观，从热带雨林到高山峻岭以及相应的植被和塑石。来自世界各地的迪士尼幻想工程师团队与本地承包商密切合作，将迪士尼特有的技术设计、塑石假山和主题化施工的专业技能传授给本地艺术工匠，力求融合技术和艺术，为中国游客呈现最精彩的迪士尼体验。

作为迪士尼的标志性象征之一，假山石迪士尼的"传统故事"和背景，被迪士尼幻想工程师发挥到了极致，创意出一个个美轮美奂的场景。

迪士尼拥有营造沉浸式体验的悠久传统。每一座迪士尼乐园和度假区都将经典的迪士尼角色和故事讲述融入设计独特、精心打造的景点设施，力求通过假山、丛林、湖泊和树木等栩栩如生的布景，为各个年龄段的游客打造身临其境的沉浸式旅游目的地。每座乐园的标志性高山都与不同主题园区内的娱乐项目和游乐设施互相呼应，将游客带入超越想象的神奇世界。

从1959年6月14日首座迪士尼假山——"马特洪雪橇"在洛杉矶迪士尼乐园投入运营开始，全球华特迪士尼乐园和度假区的各个标志性假山源源不断地将游客带入超乎想象的神奇世界。截至目前，迪士尼已有超过20座假山，最新的一座位于上海迪士尼内。

据介绍,迪士尼的经典"人造山"不乏点赞之处:

巨雷山,1979年9月2日位于美国迪士尼乐园的边域世界园区。传说,巨雷山意外发现金矿后,淘金者们曾纷至沓来。但山区封闭缺水,当地印第安人不友好,淘到很多金子的机会又很少,最后矿山被迫关闭。

巨雷山的迪士尼乐园逃亡列车这一游乐项目的景观灵感源自犹他州布莱斯峡谷的自然景观。为了让景点看上去更为逼真,幻想工程师们足迹遍及美国西部的拍卖会、跳蚤市场、空城以及废弃的矿山,搜寻"淘金热"时代的真品,现在这些东西就摆放在巨雷山的室外排队等候区。

而在迪士尼里的巨雷山,那巨大的红色的山体,嶙峋突兀,怪石遍地,面目可憎,给人一种凄凉苍茫的感觉,这正好衬托出巨雷山的险恶荒凉,为"矿山车"在此跌宕起伏的游历,营造一种氛围,使游客更加感到刺激和惊悚。

在东京迪士尼度假区——东京迪士尼海洋神秘岛上的普罗米修斯山,开放于2001年。

普罗米修斯山是神秘岛的标志性景点,神秘岛灵感源自儒勒·凡尔纳的小说。故事发生在1873年的普罗米修斯山,这是一座矗立于南太平洋某处的神秘岛上的巨大火山。这座火山会毫无征兆地喷火和喷出蒸汽并以此闻名。

普罗米修斯山是迪士尼幻想工程师们所建的规模最大的人造假山,面积约75万平方英尺,高达189英尺,与东京迪士尼乐园的灰姑娘城堡高度相同。

假山中心是 10 台火箭燃烧器，重达 3 000 磅，向空中喷出的火焰可达 50 英尺高。

这座普罗米修斯山，被迪士尼的幻想工程师创意营造为巨型的人工火山，其为了同游乐项目相组合。每当这"火山"的火焰喷发时，轰轰隆隆，如雷鸣般的响声，惊天动地，蔚为壮观。

"珠峰探险"是美国奥兰多迪士尼动物王国里的一座"白色"山峰。

珠峰探险的故事背景是亚洲关于喜马拉雅雪人的传说，故事情节围绕一群游客在旅行途中遇到神秘的雪人而展开。珠峰探险是迪士尼所有过山车景点中故事讲述最为详细的一个。

幻想工程师们数次攀登珠峰，将实地考察结果融入项目中。在建筑装饰、道具及排队等候区的软装中，采用了包括木制品、石制品和金属制品在内的 2 000 多件来自亚洲的手工制品。

这座近 200 英尺高、约 21.8 万平方英尺的假山由 2.7 万根钢筋制成的 3 307 片预制网片组成。制作假山表面耗费约 3.2 万包水泥。

这在奥兰多那一马平川的沼泽地域，是座了不起的人工"山峰"，同样，因为这"珠峰"的险峻，雪山的环境，壁立千仞，千岩万壑，虎踞龙盘，大有一夫当关万夫莫开之气势，给游客以非常强烈的对比和反差，当你随着"探险"的队伍进入其间，霍然有种亲临其境的感觉，给游客留下难以忘怀的印象。这就是迪士尼乐园里"山峰"的奇妙之处。

洛杉矶迪士尼的加州冒险乐园赛车天地的饰物谷山脉，也是一座很有故事的"人造山"。

赛车天地灵感源于迪士尼·皮克斯动画片《汽车总动员》。园区还原了片中化油器郡最可爱的小镇——水箱温泉镇，还成功地在迪士尼加州冒险乐园展现了片中饰物谷的全貌。该园区的背景是远处饰物谷山脉高高矗立的塑石假山和拱门。

饰物谷的设计囊括了水箱盖山丘、威利斯山丘、瀑布、赛车、挡泥板和引擎盖形状的塑石假山等一系列标志性场景。

为了寻找水箱温泉镇的灵感，赛车天地园区的幻想工程师核心创意团队重走当年《汽车总动员》的皮克斯动画设计师行驶过的66号公路。饰物谷山脉面积28万平方英尺，是美国境内迪士尼主题乐园中最大的塑石假山，所用钢材超过4 000吨。

这座人工山脉，悬崖峭壁，地势险要，千崖万壑，龙潭虎穴，为游客的"赛车"冒险之旅平添几分惊险刺激，雷轰电掣之中，往往让你捏着一把汗，悬着一颗心。可见，迪士尼的体验，是令人心惊肉跳但却是安全愉悦的。

灰熊山极速矿车，是香港迪士尼乐园的有趣而惊险之旅。这座灰熊山谷投入运营时间：2012年7月14日。因为香港迪士尼乐园是小而精，游客坐着"矿山车"，在其间来来回回，穿梭而行，飞云掣电，时而漆黑一片，时而豁然开朗，不同于一般的平地上的游乐项目。

灰熊山谷的过山车沿地形而建,富有创意。游客坐在车上穿越山谷,速度飞快,感觉车子时而稳定,时而失控,颇为惊险刺激。出发时,车子从山谷一跃而出,随后骤然下降,呼啸着来来回回——在 1 100 米(近 1 英里)轨道沿途的城镇和郊野中穿行。

故事中的灰熊山是美国西部最大的金矿所在地,也是灰熊的栖息地。在 1888 年的某一天,有人在灰熊山发现了金矿,确切地说是灰熊帮忙发现了金矿。当时,科斯格罗夫队长看到一家子灰熊用爪子刮擦着山体,然后发现爪印背后有东西在闪着光,于是发现了金子。

幻想工程师们沿着著名的 49 号公路,穿越加州"淘金热"之国,研究灰熊山谷故事讲述的环境。他们到访了包括萨特的磨坊、内华特城、草谷、天使营在内具有代表性的地方。灰熊山谷的大部分建筑灵感正是来自加州哥伦比亚,这是内华达山脉保存最完好的城镇之一。

可以想象:当游客走进浦东迪士尼乐园,映入眼帘的便是那座高耸兀立于园区里的"山峰",那是何种感觉?

这里,我们不禁想起华特先生在 1955 年洛杉矶迪士尼开园时欢迎词中的一句话:"欢迎来到这片乐土,迪士尼就是你们的乐园。在这里老人会重温过去美好的回忆,年轻人能体验到挑战的乐趣以及展望未来。"

迪士尼的"山"不仅仅是为迪士尼乐园增添了独特的景观,更是体现了迪士尼的一种精神、一种文化、一种创意。"山"可以为迪士尼乐园树立一个标志,也可以成为迪士尼乐园的一个"靠山",丰富了乐园里的又一种地形地貌,借助"山"创造了"雷鸣山漂流"等游乐项目,足见迪士尼的想象力和创造力非同一般……

迪士尼式管理之密码

华特对属下是这样的要求：你得把一群性格、背景各异，没有任何从业经验的加利福尼亚人整合成"迪士尼梦"的缔造者。其中就涉及如何管理这么一个庞大的迪士尼王国。

迪士尼之所以能够长盛不衰，不可否认，其创新发展中的管理是卓有成效的。此乃一种软实力。

有人总结出迪士尼公司成功的十条管理原则，其乃"迪士尼式管理"。

1955年，世界上第一个现代意义上的主题公园——洛杉矶迪士尼乐园诞生。随后又在奥兰多、巴黎、东京、香港、上海等地开设了迪士尼乐园。

同时，迪士尼涉及的主营范围包括广播电视传媒、迪士尼乐园及度假村、电影电视娱乐、消费者产品和互动媒体等五大业务板块。行业跨度大，各种工种繁多，人才济济，更需要一种向心力来凝聚。这就离不开一种"迪士尼式管理"。

迪士尼公司雇员数以万计，人力资源管理职务500多个，工作说明书1 500多份。

由于每个员工的世界观、人生观、价值观以及个性、年龄、经历、生长环境的不同，心理需求的差异很大，因而怎样调动不同个性的新员工使他们服从于统一的企业目标，这一问题至关重要。

这一切，都是依靠迪士尼独特的管理为纽带，将上上下下、左左右右紧密相连，按照迪士尼的中心目标而正常运转。

这正是迪士尼管理上的创新，使之行之有效，且管理高效。

迪士尼公司管理的十条原则是：

——让每个人都梦想成真。

这条原则概述了允许组织成员梦想和发展他们的创造性人才的重要性。迪士尼公司雇佣了数以百计的"幻想者"，他们唯一的工作目的就是开发创意。但是这种创新的文化并不只局限于这些幻想者，迪士尼在全体员工中培养和促进这种创新文化。与其他行业竞争对手相比，公司的这种鼓励政策提高了员工的参与程度并降低了离职率。

华特说过："我希望每位船长在每次巡游时表现得都像他们第一次上船一样。每次河马突然从水中露头的时候，他们都应该表现得非常吃惊。船长应该和游客一样吃惊。"

叮当小仙女手中挥动着的魔法棒召唤来了古灵精怪的米奇、优雅善良的迪士尼公主、憨态可掬的小熊维尼、顽皮可爱的小飞象、忠诚幽默的 C－3PO 等，开启了迪士尼的奇妙世界。其背后隐藏的，正是迪士尼的魔法服务之道和全球数以万计员工付出的情绪劳动——自己的梦想。

1983年，美国社会学家Hochschild正式提出"情绪劳动"这一概念，并将其定义为"员工致力于情绪的管理，以便在公众面前创造出一种大家可以看到的脸部表情或身体动作"。换言之，情绪劳动是员工在工作中根据组织规定，运用一定策略，对自己进行情绪调节，从而使个体情绪在生理活动、主观体验、表情行为等方面发生变化。情绪劳动是服务行业中一种常见的现象，它要求工作人员在与他人接触中适当控制和掩饰内心的真实情绪，即使情绪低落甚至筋疲力尽，也要按组织的要求微笑地面对顾客。迪士尼是如何在打造魔法世界的同时，掩藏起情绪劳动的痕迹呢？

迪士尼乐园是一场秀，每个员工都是在"表演"，都是在为自己的梦想而努力。

——你最好去相信。

"你最好去相信"检验了对公司基本信念和核心价值的清晰理解的重要性。产品和服务的精益求精往往依赖于每个员工对于期望和手段优化的理解。

华特曾经这样说："当你相信一件事的时候，你会毫无保留、毫无疑问地去相信。"

2016年，在凯维公关"全球100个最真诚品牌"评选中，迪士尼从全球1 600多个知名品牌中脱颖而出，位居第一。迪士尼以虚构卡通人物和故事为背景，却带给了全球消费者最真实的品牌体验，不得不说是一个奇迹。

迪士尼的创始人华特在构建这个魔法世界时，反复强调迪士尼的法则——"梦想、信念、勇气、行动"。迪士尼取得巨大成功的背后，不仅靠非凡的创造力塑造了一系列活灵活现的卡通人物，更有迪士尼人对自己信念的坚守、对事业坚忍不拔的追求，对企业的忠诚度。这都是基于对迪士尼的信念。

迪士尼人的信念，不是盲目的，而是理性的。正因为迪士尼人对企业、对事业的信任，迪士尼才能拥有凝聚力和战斗力。

——把客户当成客人。

时至今日，迪士尼主题公园的游客总是被称为客人。华特坚持能够理解他的客人的愿望和需求。他认为客人应该得到尊重和以诚相待。一个企业如何评价客户，就看这个企业如何处理客户的投诉问题。华特认为解决客人的问题会激发创新。

在迪士尼，员工被称为"演职人员"，游客被称为"宾客"，工作服被称为"戏服"，求职面试被称为"演员甄选"，宾客区被称为"舞台"，宾客区之外的地方被称作"后台"。

宾客是迪士尼对于游客的称呼，这种称法让员工在脑海中呈现出接待受欢迎访客的图景。迪士尼对市场及消费者进行研究，了解宾客是谁以及他们对公司产品的期待。华特对宾客极其关注，他经常在园区走动，搜集宾客的意见，并对员工离开园区去外面用餐的行为十分愤怒："和宾客们一同排队用餐吧，看在上帝的分上,千万不要再到外头去了,你们就像宾客们那样在园区用餐,倾听他们的诉说!"迪士尼大学的开拓者们深知自己的任务就是要创造一种尊重顾客和员工的企业文化,当然,这个任务并不仅仅是创造一系列口号而已。

坚持把每一名入园的游客当作来迪士尼做客的宾客款待,出色的客户服务已成为迪士尼产品的标准特色,被公认为是全世界数一数二的顶级服务。

在迪士尼,千万不要小瞧任何一位雇员。街角就可能遇到一位工作人员与你跳一支舞,让你惊喜连连。作为全球迪士尼乐园中的佼佼者,令不少游客印象深刻的是乐园里的"扫地神僧",他们画得一手好卡通人物,让童话般的幸运降临到你的身边。在人人都沉浸其中的魔法世界,即使疲倦的成年人也能找回童年的记忆,露出孩子般天真的笑容。

为什么垃圾桶里的垃圾没有及时清理干净?清洁工蒂莫西正在扫垃圾,这时他听到一个小孩的哭声。从人群中挤过去,他总算弄明白怎么回事了。一个小男孩正涕泪横流地跺脚大哭,手上拿着一个空空的爆米花桶,地上则撒了一地的爆米花。更糟糕的是,小男孩的爸爸还在责怪孩子不小心。对于这个小男孩和他的爸爸以及围观的游客来说,此刻的迪士尼乐园绝对不是地球上最快乐的地方。

很快,蒂莫西就走到了小男孩身边,蹲下来亲切地对他说:"爆米花都撒了,我也感到很难过。"此刻,同时发生了两件事:小男孩的爸爸不再怒气冲冲地指责孩子,孩子也吃了一惊,点点头，停止了啜泣。接下来蒂莫西又说："米老鼠告诉我他看见你不小心把爆米花撒了，他知道你现在真的很难受。"停了一会儿让小男孩好好消化他说的话，他继续说道，"米老鼠想知道你喜不喜欢这桶爆米花。"

随后像变魔术一样，蒂莫西从身后拿出一桶满满的爆米花。这个场面给这个小男孩、他的爸爸和周围的游客带来的冲击不可谓不大，蒂莫西本人也对自己与游客的互动相当满意。

这就是迪士尼待客之道。

——人人为我，我为人人。

迪士尼在其总结的"造梦准则"中，一针见血道："团队和工作虽是两个普通的词——但合在一起就能铸就'赢家'。"

"人人为我，我为人人"，确实是迪士尼公司管理的第四条原则，而这条原则无疑表明迪士尼强调员工团队合作和授权的重要性。团队合作被视为培养员工强烈的忠诚、热情和承诺的一种方法。比如在迪士尼乐园捡垃圾这样的工作，迪士尼公司的重点是确保每位客人都有难忘和愉快的体验，而并不在意应该由谁去捡垃圾，这是每一个员工的职责。就连迪士尼的前任首席执行官迈克尔·艾斯纳也不得不去捡垃圾。迪士尼的领导们对于在下属员工中进行授权是一脉相承的，如果你看到迪士尼的首席执行官出现在某个迪士尼的主题公园，那就是表明，他（她）正在请求并执行一线员工的意见。

迪士尼高管罗恩·伯格曾经这样描述"团队合作"和迪士

尼式"演出"，他的描述清楚地揭示了这两个词是如何栩栩如生地在日常工作中体现出来的："通过在迪士尼大学和迪士尼乐园内进行的培训，我们向员工们展示了团队合作精神的重要性，并且一再强调要为游客带来'精彩的演出'这一核心理念。例如，当乐园内因为游客人数太多而造成工作过于繁忙时，高级主管和经理们也会卷起袖子和基层员工一起并肩战斗。游客高峰时期，经理们也会去擦桌子、在每个景点排队的地方多装几个护栏，帮助维持游客秩序。进行花车巡游以及特别活动的时候，每个人都会参与进来，确保一切能够井然有序，食品部和商品部的员工也会协助设备操作部门的员工。"罗恩继续说道："这么做让所有的员工都感觉自己是团队的一部分，能够获得同样的认可，也负有相同的责任。"

迪士尼式管理的团队精神及上下之间的关系，朴实简单，但宛如春风拂面，是有温度的。

——共享成就。

迪士尼强调"分享成功的欢乐——你不是仅凭自己就取得了成功。"在迪士尼，大家都只有一个名字。那就是迪士尼！可见，迪士尼提倡的这种"共享精神"，才是其源源不断的动力之源。

这一条阐述了迪士尼对合作的重要性之见。如果一个企业只顾自己的利益而不顾合作伙伴的利益，那么，这个企业必定是孤家寡人失去合作，最终失去自己的利益。共享成就，合作共赢，迪士尼将此视为管理的原则之一，可见其眼界之高。比如费城交响乐团取代迪士尼自己的乐队而成为迪士尼电影《幻想曲》的关键合作伙伴。迪士尼其他大型的合作伙伴就包括了通用汽车、雀巢和美泰，而且每个迪士尼的供应商，无论大小，都受到尊重。迪士尼主题公园有专门的接待区，供供应商签字入场、问路、喝咖啡和使用电话。华特就认为，与志同道合的人建立伙伴关系是至关重要的。

其实，在迪士尼的许多项目中都可以看到是合作的结晶。像建造巨雷山铁路游乐项目，需要方方面面的合作，钢铁是意大利承包商的、游乐设施是荷兰承包商的、假山是法国承包商的、电气设备是爱尔兰承包商的，等等。当年在建造艾波卡特时，幻想工程师在设计展馆的主题上：能源、交通、食品、健康、太空、通信和海洋，便寻找了与之匹配的赞助商，同时，也根据赞助商的喜好设立主题馆，像柯达公司的幻想之旅、通用电气的地平线展厅。双方一拍即合，共享合作成果，由此，迪士尼将其列为管理原则之一。

——敢于冒险。

第六个原则是"敢于冒险"，它是鼓励冒险作为培养创新思想的一种方法。虽然该公司的成功是华特所承担的风险的结果，但他强调，风险需要在坚实的基础上进行风险计算。对华特来说，风险最根本的标志是否通过了他的"家庭娱乐"测试。

华特身上几乎时刻都表现出一种独特的创新精神和不屈不

挠的拼搏冒险精神。华特最初是靠他的动画成名的，20世纪40年代，他在动画、卡通领域已经非常成功了，但是，他永远不满足现实，永远秉持"敢于冒险尝试新事物"的精神，时刻都在探索并研究如何不断地满足人性的需求。进入20世纪50年代以后，他敏锐地发现美国人对"快乐"的追求精神日益高涨，他立志要建造一个大型的娱乐公园，把他创造的米老鼠、唐老鸭、七个小矮人等卡通形象全部呈现在大型主题公园之中。在他最初建造主题公园时，很多人都反对他在陌生领域投资，连他的亲哥哥罗伊也坚决反对。但是，他凭着那种永不停息的开拓创新意识，一个个地说服投资者支持主题公园的建设，他劝说他的合伙人"我们公司不能止步不前，我要搞出新东西来，我要把我的才能和精力都投入到娱乐公园中去……这是了不起的事业，是娱乐的一种新构想，这是世界上绝无仅有的东西，它一定会成功的"。正是华特的这种执着、自信、坚韧和不懈的开拓创新精神，使得迪士尼能够建立起如此庞大的娱乐帝国。

难怪，在迪士尼的传承中，始终有着"冒险精神"的基因。

——实践，实践，实践。

即强调正规和持续培训的重要性。迪士尼的员工在迪士尼大学接受培训，在那里将会用到一整天的时间来传授和灌输迪士尼的传统和核心价值。他们认为新学到的技能如果能通过训练、实践、重新认知等方式进行加强，这些技能将会变成员工的行为习惯。当一个雇员没有达到迪士尼公司所期望的业绩水平时，这个员工以前所接受的培训将会被重新审视。

1955年，就在迪士尼乐园开幕之前，迪士尼大学的创始人范恩·弗朗斯和他当时唯一的一名手下，刚从大学毕业的迪克·努尼斯，萌发了设立迪士尼乐园第一个员工培训课程的想法。他们成功地培训了第一批员工，让他们在培训结束时牢牢记住，在为即将来到的第一批游客服务时，他们的首要任务就是："为游客带来快乐。"

自1955年7月17日开幕以来，迪士尼乐园获得了无与伦比的成功。它提高了美国游乐服务行业的行业标准，将什么是优秀的创意、家庭娱乐服务和客户服务进行了全新定义。

早在1932年，华特就建成了自己独一无二的动画师培训学校，所以他能够理解为什么要通过培训造就优秀的员工。

这项条件毫无疑问是迪士尼大学的建校之本：华特一直坚持这样的理念——为员工量身定制培训课程。华特为自己的动画师建立了一所艺术学校，用他自己的话说是：因为当时的艺术学校不能够提供我们需要的课程和培训，所以我们成立了自己的艺术学校……我们教给学生的比当时的艺术学校要更超前。

华特经常邀请一些声名卓著的教育家和艺术家到学校来给那些动画师讲课以及开讲座，例如大名鼎鼎的建筑学家弗兰克·莱特。他们的创新思想和与众不同的思考方式给了学生们很大的灵感。

但是，范恩要创造的大学，有别于华特的艺术学校：这所独特的学校培养出来的学生是另一种类型的艺术家。这些"迪士尼乐园人"主修的专业是创造快乐的艺术，他们的课程表专注于人际关系和迪士尼哲学。范恩和其他迪士尼大学的元老们知道，与传统的培训课程相比，他们所要创造的一切将青出于蓝而胜于蓝。他们清楚地知道，迪士尼乐园的主打产品就是欢笑和快乐。对于这一目标，大家有着清晰的认识。

如果教学目标前后一致，教学方法又富有创意，培训对一个员工的成长就具有无可替代的重要性。这种培训在迪士尼公司的历史和企业文化中受到高度的重视。

实践出真知，迪士尼人正是通过各种各样的实践，才造就了一支独特的迪士尼团队。

——让你的大象飞起来。

管理，离不开计划。迪士尼这条原则是强调计划，而且强调长期愿景必须与短期执行相一致。华特认识到，尽管创造力确实需要空间来发展，但观念的产生被认为是公司过程的一部分，需要谨慎地管理。这个项目管理过程促进了沟通和整体思维，每个人都在为公司的共同利益而工作。

管理思想的古典理论家的杰出代表——法约尔，把管理看作一组普遍的职能，即计划、组织、指挥、协调和控制。法约尔认为："想出一个计划并保证其成功是一个聪明人最大的快乐之一，这也是人类活动最有力的刺激物之一。这种发明与执行的可能性就是人们所说的首创精神。建议与执行的自主性也都属于首创精神。"法约尔认为人自我实现需求的满足是激励人们工作热情和工作积极性最有力的刺激因素。对于领导者来说,"需要极有分寸地,并要有某种勇气来激发和支持大家的首创精神"。

迪士尼对此有着自己行之有效的计划管理模式和制度,这样,才能确保迪士尼这架庞大机器的正常运转,才能确保迪士尼稳扎稳打地持续发展。

——用故事板捕捉神奇。

什么是故事板?为什么迪士尼要用它?

故事板是故事的文字的和图形化的表现,通常用一系列概括图在可视化的场景中观察故事如何展开。故事板是一种蓝图。这种技术是华特为了他的经典卡通片——米老鼠而在20世纪20年代开发的一种技术。动画家们首先创作动画角色的详细绘图,并展示故事的进展。这些绘图钉在板子上,然后华特和他的团队会审视整个故事的流动,来回移动这些绘图并最终形成完美的故事线。

故事板由华特构想而来,应用到卡通产业。这是一种有效的方法,用来跟踪成千上万的图画以促成动画的完成。时至今日,这项技术不仅是用在卡通产业,也被扩展到了组织过程中的多个领域。它在任务陈述概念化、障碍分析、创造团队解决方案上都是有帮助的。它能将场景分解为更小、更容易管理的部分,并将注意力集中在问题的特定方面。

迪士尼这种充满童话色彩的管理方式,成为其管理的一个特色。

——注重细节。

重要的是细节。迪士尼的管理魔法曾经这样总结道："这么多迪士尼公园都能取得成功有一个主要的原因，那就是对细节的追求。"华特一直在不懈地追求完美，总是寻问如何才能改进。尽管如此，他认识到需要在财务底线和追求完美之间保持谨慎的平衡，否则追求细节可能会变得昂贵。注意细节也意味着要对工作结果进行量化测量，以确保努力与结果相符。华特及迪士尼在近百年里的持续成功支撑着这一点。随着时间的推移，迪士尼的管理原则已经被证明是公司成功的主要基础。

迪士尼对细节的重视，非同一般。在建设迪士尼乐园之前，华特对自己的竞争对手做了充分的研究，发现它们有一个共同点，那就是都比较脏、乱。基于这一点，他对迪士尼乐园的所有员工强调，并且让全世界都知道，迪士尼乐园有最干净、整洁的环境。为了保持乐园的整洁，他坚持乐园内的街道要达到"即使把食物掉在上面也可以捡起来吃"的程度，这一点是迪士尼乐园成功的原因之一，并成为迪士尼企业文化重要的组成部分。

细节决定成败，迪士尼早就意识到这一点。迪士尼乐园是一场表演，场景的每个细节都必须支撑这场表演。在迪士尼乐园中所有的建筑、景观、照明、色彩、标识信号、地毯上的方向标志、地板表面的纹理、中心点和方向标记、内部和外部细节、音乐和周围的声音、气味、触摸和触觉体验、味觉等要素都会进行精心设计。迪士尼通过幻想工程——创造性想象和技术性知识的结合——建立一个能全方位调动宾客感官的互动式场景，给予宾客最高的礼遇。幻想工程师们制作了全世界最独特的沉浸式体验场景，开发了比重心下落更快的自由落体式游乐设施"惊魂古塔"，创造了能在2.8秒内从零加速到每小时60英里的摇滚过山车，利用最新的技术来为宾客创造沉浸体验和奇幻梦境。迪士尼始终站在宾客的立场，以宾客的角度和立场评价场景设置，永不满足，注重场景的维护和提升。这样的独特视角来要求细节，不得不佩服迪士尼的管理之道。

冰冻三尺非一日之寒。迪士尼式管理，并非一朝一夕而成，这是迪士尼人在近百年的创业发展中不断创新探索，才逐步形成了自己独特的"迪士尼式管理"。

传统固然重要，但改变是最大的活力。迪士尼的一切都在薪火相传中创新发展。

记住：潮流的最后就是末流！这是迪士尼人的自我警示！

迪士尼：创新明天

2018年5月，世界主题娱乐协会（TEA）及AECOM联合发布了《2017全球主题乐园和博物馆报告》，其中有关世界上游客最多的"十大主题公园"如下：

2017年世界游客最多的"十大主题公司"

乐园名称	所在地	游客人数
1. 神奇王国，华特迪士尼世界度假区	美国佛罗里达州奥兰多	2 045
2. 迪士尼乐园，迪士尼乐园度假区	美国加利福尼亚州安纳海姆	1 830
3. 东京迪士尼乐园	日本东京	1 660
4. 日本环球影城	日本大阪	1 493.5
5. 东京迪士尼海洋	日本东京	1 350
6. 迪士尼动物王国，华特迪士尼世界度假区	美国佛罗里达州奥兰多	1 250
7. 新纪元乐园，华特迪士尼世界度假区	美国佛罗里达州奥兰多	1 220
8. 上海迪士尼乐园	中国上海	1 100

(续表)

9. 迪士尼好莱坞影城，华特迪士尼世界度假区	美国佛罗里达州奥兰多	1 072.2
10. 奥兰多环球影城	美国佛罗里达州奥兰多	1 019.8

这份报告认为：2017年，中国大陆地区最成功的主题乐园莫过于上海迪士尼乐园。2017年是上海迪士尼乐园首个完整运营的年份，乐园在该年吸引了1 100万名游客，表现超出预期，并在2018年持续表现优异。市场对上海迪士尼乐园的反馈十分强劲，表现在该乐园的受欢迎程度、游客在乐园内停留的时间以及重复游玩人数的比率。2017年，上海迪士尼乐园被授予多项世界主题娱乐协会（TEA）Thea杰出成就大奖，表彰其作为主题乐园整体的杰出表现，以及乐园中各景点的突出成就。

上海迪士尼乐园的成功十分振奋人心，这一成功向主题乐园开发者们展现了当他们投资开发世界级的一流项目时，市场必会给出积极的响应。对中国的许多现代化城市来说，拥有一座主题乐园仍被视为是一项重要的资产，我们也将继续见证许多新项目的诞生。刺激主题乐园在中国蓬勃发展的原因在于：经济发展、中产阶级的兴起、可支配收入的提升、对旅游的向往、便利的交通基础设施以及汽车市场的发展。这些都是提升娱乐体验消费需求的积极因素。

在过去数年中，我们持续给出的预计是到2020年，中国将成为世界上最大的主题乐园市场。我们对此预期仍充满信心。

为什么迪士尼乐园能够在"十大主题公园"中占据八席之多？因为迪士尼充满了创新活力！

2017年6月被誉为"游客的天堂"的东京"迪士尼海洋"新建三个主题园区，这恐怕是东京"迪士尼海洋"的又一个"大手笔"，其在主题园区的创意上快马加鞭，强势推出，对东京"迪士尼海洋"将进行大规模地扩建。

东京"迪士尼海洋"位于日本千叶县浦安市，于2001年9月开园，是世界上首个以大海的故事及传说为题材的迪士尼主题乐园。据悉，东京"迪士尼海洋"将迎来大规模扩建。本次扩建将投入2 500亿日元（约合144亿元人民币），开发面积约14万平方米。官方决定以"魔法之泉指引的迪士尼幻想世界"为主题，新建冰雪奇缘、长发公主、彼得·潘三个主题区域。这三个新的主题景区预计将于2022年正式开放，这无疑将为东京"迪士尼海洋"带来巨大的市场效应和吸引力。

2018年还传来消息：迪士尼斥巨资还原《星球大战》场景，两个大型主题园区正在美国迪士尼建造之中。

还记得2016年在中国上映的电影《星球大战》吗？马上你就能看到真实的场景了！在加利福尼亚州洛杉矶迪士尼乐园的"星球大战"主题区如今正在如火如荼的建设中。

据该公司发布的建设进展情况，这个项目叫"星球大战，银河之刃"。"在《星球大战》中：银河之刃可以将客人运送到Batuu星球，这是银河边缘一个偏远的前哨站，曾经是沿着旧亚光速交易路线的繁忙交叉路口。"这个游乐项目将会给游客控制

"千年猎鹰"的机会,以及一些"量身定制"的秘密任务去完成,同时也会让游客以自己的视角,去感受打斗的激烈程度。在保证安全的前提下,这将带来很高的经济效益。

第二个基本相同的"星球大战:银河之刃"版本,也已经在奥兰多迪士尼影城的好莱坞工作室建造。此外,一家有关星球大战主题的酒店也在建设中。

据悉,两家"星球大战"都将于2019年对外开放,但确切的日期尚未公布。

由此可见,世界各地的迪士尼都在以创新的姿态,为游客奉献新的游乐项目,这正是迪士尼不断创新、不断走向明天的扎实举措。

迪士尼一方面在硬件上创意不断,连连推出各式各样的游乐项目,另一方面在"IP"上创意不断,除了老牌的明星像米奇、米妮外,还在精心推出"新的明星",使之吸引更多的游客。

就在近几年才开业的上海迪士尼乐园,很多孩子甚至是成年游客都在同小胖熊来个"大熊抱"合影留念,乐此不疲。

这个小胖熊是个"新星",他名叫达菲,近些年在迪士尼乐园非常"走红"。据说,在东京迪士尼乐园和香港迪士尼乐园,人气极旺,他的朋友们还有雪莉玫小熊、杰拉多尼画家猫和那位叫星黛露的紫色小兔子。这些都是迪士尼新的创意之"果"。

2002年才诞生的达菲在迪士尼家族还是个乳臭未干的"新

人",比起已经90高龄的米奇,仅仅还是"孙辈"哩!不过,在以年轻女性为代表的成年消费者中,达菲熊的人气和经济价值丝毫不输那些老牌角色,甚至比米奇还抢尽风头。据说在圣诞节等旺季,想在东京迪士尼与达菲熊合照可能需要排队几个小时。

迪士尼的创意,为这个"新星"带来了无穷的活力和生机。这个达菲熊很特殊。和传统的迪士尼人物不同,达菲并非迪士尼动画中的人物,他是由迪士尼游离于动画片而原创的角色。但迪士尼成功地把达菲熊打造成一个人见人爱的"新星",更重要的是,迪士尼在商业上的开发为达菲熊带来了无数的粉丝,也为乐园带来了巨大的商业价值。

纵观达菲熊的"成长史",极富有传奇色彩。他曾经差点就要被人们遗忘了,后来是"新东家"——东京迪士尼赋予其新的生命。

据资料分析,达菲熊最早是美国奥兰多迪士尼创造的一个角色。2002年,为了推广奥兰多迪士尼小镇新开的世界商店,奥兰多迪士尼创造了一个叫迪士尼小熊的角色,仅在世界商店中售卖,所以影响不大。

那时他还没有自己的名字,颜色也是五花八门,像粉色、薰衣草紫、奶油黄、小麦色、水绿色等,说明当时对这一创意开发定位不准,尚无灵魂,更无粉丝。

但东京迪士尼的运营集团慧眼识珠,另辟蹊径,将其打造成一个"新星"级的迪士尼人物。2005年,这个表现平平的迪士尼小熊被包装一新,以达菲的新名字登陆东京迪士尼。东京迪士尼只保留了看起来最传统的小麦奶油色,给他设定了充满温馨的故事:"米妮送了米奇一只玩具熊。有天,米奇带着他最喜欢的小熊去了魔法王国,坐在灰姑娘城堡面前,米奇许了个愿望,多希望有人和我一起分享乐园里面的喜悦和激动,啊——这时魔法发生了,小玩具熊变成了活的。"这就是迪士尼创意的无穷魅力。

梦想成真,达菲作为米奇最爱的玩具熊就这样诞生了,而每个在东京迪士尼拥有达菲熊的游客,此刻,仿佛也成全了自己的一个梦想……

东京迪士尼力求创意不断,达菲熊的毛绒玩具、发饰和背包,每个达菲熊相关的周边商标上都附了一本小的折叠册,折叠册里讲的就是这段故事。

2010年后,达菲熊的朋友们也陆续诞生,他的好朋友雪莉玫也是一只小熊,2014年诞生的画家猫杰拉多尼是米奇、米妮在意大利度假时遇到的新朋友,米奇不小心打翻了他的 Gelato 冰淇淋,而这只画家小猫顺手用冰淇淋画了幅画。小兔子星黛露是最年轻的一个,2017年才诞生的她,是一只梦想成为舞蹈家的兔子。

2010年,达菲熊在东京迪士尼"走红"之后,这只一度被打入冷宫的名不见经传的小熊再度回到了美国迪士尼乐园,从此,今非昔比。从一只被边缘化的小熊到如今的乐园正红的"新星",只用了10年。

但，这正是迪士尼几十年来靠创意求发展的一个缩影而已……

可以大胆地想象：明天，迪士尼将拥有更多的"新星"。

因为，只要迪士尼的创意还在，一切皆有可能。

别样风采的"蒲公英"

——后记

上海浦公检测技术有限公司,人称"蒲公英",这又为何呢?

蒲公英,平平常常的一种黄色小野花,浪迹天涯海角,遍及大江南北,从不张扬,从不显山露水,只是在田野里默默无闻地为大自然奉献着一朵朵寻常的小黄花。不过,蒲公英的花语:有着充满朝气的黄色花朵。这一点颇似这家欣欣向荣的公司。

在上海浦东新区的改革开放大地上,绽放着这样一朵"蒲公英",它就是上海浦公检测技术有限公司(简称"浦公")。

上海浦公检测技术股份有限公司成立于 2010 年 2 月,是一家致力于建设工程检测、食品安全检测和建筑能源监测的综合性检验检测机构。在成立之初,"浦公"即立足于行业特点,用心设计企业的品牌标志,公司极具中国特色包公的京剧脸谱设计,形成"公正、严明、权威"的品牌理念,以"保障城市安全运行"为使命,以"创建民族品牌,打造百年老店"为愿景,以"共创价值，共享成功"为核心价值观，以"勇担责任、追求卓越"为企业精神，以"严谨、忠诚、责任、高效"为行为准则，以"科学、公正、准确、满意"为质量方针，形成了具有"浦公"特色的企业文化体系，显示其人文和发展的力量。

"浦公"先进的文化理念营造了公司创新的动力，创造了四个第一：公司是上海市第一家进入新三板创新层的检验检测企业，是上海市第一家参与国有检测行业兼并整合的民营企业，是上海市第一家建成区级能源数据监测与管理平台的民营企业，是上海市第一家获得"上海名牌"的检验检测民营企业。同时，"浦公"也是上海市检验检测行业检测参数、检测能力、检测规模都处于前列的民营企业和上海市首批五家工业产品生产许可证审查机构之一。

"浦公"紧紧围绕国家发展战略，以"保障城市安全运行"为企业使命，对标国内外优秀检验检测企业，不断加强国内外市场的开拓，全力打造检验检测行业的民族品牌。

"浦公"成立之初专注于建筑工程领域质量检测服务，形成"大建设"板块；2013年放眼于民生安全，全资收购了"上海德诺产品检测有限公司"，服务领域延伸到食品与乳制品检测、农产品检测等，形成"大健康"板块；同年又投资成立了"上海浦公节能环保科技有限公司"，使业务延伸到能源和环境监测与治理、节能环保大数据分析服务等领域，形成"大数据"板块。

"浦公"通过连续的业务扩张，加强了提供服务的广度和深度。公司致力于"大建设""大健康""大数据"三大领域，是具有自主创新能力的上海名牌企业。旗下拥有"上海浦公节能环保科技有限公司""上海德诺产品检测有限公司""沈阳浦公检测技术有限公司""上海微伯斯企业管理有限公司""海南浦公节能环保科技有限公司""上海霖英认证有限公司""上海浦丛大数据科技有限公司"等多家子公司和联营公司，主要业务涵盖建筑工程、公路工程、市政工程、铁路工程、水利工程、勘察测绘、能源监管、环境检测、环境治理、智慧城市、食品检测、职业卫生评价、安全生产评价、认证服务、大数据平台服务、咨询服务等领域。近年来承接了多项重大工程的检验检测服务和能源管理服务，包括上海世博会、中国博览会会展中心、上海浦东国际机场、上海迪士尼乐园配套项目、临港重装备产业区项目，上海轨道交通 10 号、12 号、14 号、16 号、17 号、18 号等多条线路建设以及京沪、沪昆、杭深高铁运行监测等项目。"浦公"先后成为上海市认证协会副理事长单位和浦东新区检验检测认证行业协会副会长单位，还被上海市水务建设工程安全质量监督中心站和浦东新区安全质量监督站指定为建筑工程材料质量监督抽检机构。多年来，"浦公"承担了国家食品药品监督管理总局、农业部、上海市质量技术监督局、浦东新区安全质量监督站等政府部门和监督机构安排的多项监督抽查任务。

"浦公"保持年均 30% 以上的增长，2016 年，"浦公"及旗下控股子公司合计实现营收 1.2 亿元，2017 年更上一层楼，达到 1.6 亿元。

"浦公"从2010年组建团队到取得建筑工程领域基本资质全覆盖，从开拓第一笔业务到扩大品牌影响力，建立全国发展布局，项目立足上海、进军长三角、服务到海南、辽宁等外省市以及2016年成功进入新三板创新层，仅仅用了6年时间，是国内发展速度最快的检验检测机构之一。

"浦公"拥有1 200多套先进的实验设备和20多个专业实验室，通过CNAS机构认可和实验室认可，拥有4 000多项CMA参数，3 100项CMAF认可食品相关参数，实现了建设工程八大领域资质全覆盖，并能满足90%以上的食品、乳制品等相关检测业务的需求。

"浦公"明确提出每年投入营业收入的6%以上用于技术创新，出台《科研项目管理与奖励办法》，每年设50万元创新基金用于奖励科研工作者，成立"蒲公英科技创新攻关组"，积极开展各种检测技术的研发工作。

近年来，"浦公"共承担国家、市、区级各类课题32项，自主研发项目46项，申请专利29项，获得计算机软件著作权36项。其中"上海地区空心板梁桥铰缝的检测、修复与加固技术研究"获上海市公路学会科学技术二等奖和浦东新区科技进步二等奖，空心板梁桥铰缝检测技术在国内位于领先地位，上海市场占有率达90%以上，"大型转角窗三性检测方法"等多个项目填补了国内行业领域的空白。

"浦公"依托雄厚的资金投入、强大的研发团队以及院士专家工作站的引领，其研发数量、质量以及服务意识、时效性等方面在推动民营第三方检验检测机构发展中起到了示范效应。近年来，"浦公"先后荣获上海名牌、上海市院士专家工作站、上海市高新技术企业、上海市科技小巨人培育企业、上海市"专精特新"企业、上海市建设工程"检测奖"、上海市守合同重信用企业以及浦东新区企业研发机构，被一览检测英才网评为检测行业最佳雇主最受欢迎企业。

"'浦公'就是这样的'蒲公英'，甘为大地奉献自己的一切而默默无闻！"上海浦公检测技术股份有限公司总经理张宏君如是说。

我谨以此文作为本书的后记，意在像"蒲公英"那样，默默无闻地为文学创作而奉献自己……

本书是我编著的第 7 本有关迪士尼题材的读物，其中 6 本都是在上海社会科学院出版社指导下出版的。几年来，在责任编辑董汉玲老师的精心筹划下，我才得以一步一步深入研究迪士尼，在此深表谢意。

作者戊戌年夏于浦东

图书在版编目（CIP）数据

迪士尼魔力之钥 / 叶永平编著. —上海：上海社会科学院出版社，2018
 ISBN 978 - 7 - 5520 - 2522 - 4

Ⅰ. ①迪⋯　Ⅱ. ①叶⋯　Ⅲ. ①随笔-作品集-中国-当代　Ⅳ. ①I267.1

中国版本图书馆CIP数据核字（2018）第264873号

迪士尼魔力之钥

编　　著：叶永平
责任编辑：董汉玲
封面设计：周清华
出版发行：上海社会科学院出版社
　　　　　上海顺昌路622号　邮编200025
　　　　　电话总机 021 - 63315900　销售热线 021 - 53063735
　　　　　http://www.sassp.org.cn　E-mail: sassp@sass.org.cn
照　　排：南京前锦排版服务有限公司
印　　刷：上海天地海设计印刷有限公司
开　　本：890×1240毫米　1/32开
印　　张：5.25
字　　数：101千字
版　　次：2018年12月第1版　2018年12月第1次印刷

ISBN 978 - 7 - 5520 - 2522 - 4/I·305　　定价：35.00元

版权所有　翻印必究